かまって新卒ちゃんが毎回誘ってくる その3

ねえ先輩、これからもずっと一緒にいちゃダメですか？

contents

「どーもー♪
押しかけ女房で〜す♪」
「私の恩返しは、
まだまだこれからです！」
「普段お世話に
なりっぱなしですし、
こういうときくらい頼ってくださいよ」

伊波渚
「マサト先輩、抱きつかせていただきますっ」
因幡深広
「くううう〜〜。今日あった嫌なこと忘れられるわぁ」
キョーカ姉〜♪
方条桜子
「お人形さんみたいでカワイイ……♪」
涼森鏡花

かまって新卒ちゃんが毎回誘ってくる　その3
ねえ先輩、これからもずっと一緒にいちゃダメですか？

凪木エコ

ファンタジア文庫

3358

口絵・本文イラスト　Ｒｅ岳

かまって新卒ちゃんが毎回誘ってくる
ねえ先輩、これからもずっと一緒にいちゃダメですか？

その3

凪木エコ
Eko Nagiki
ill：Re岳
Retake

人物紹介

涼《すず》森《もり》鏡《きょう》花《か》

マサトの２コ上の先輩。役職はチーフ。仕事が出来る稼ぎ頭で、モデル顔負けの美貌やスタイルも相まり、男女関係なく憧れの存在。クールビューティーな大人のお姉さんを装うが案外繊細。

風《かざ》間《ま》マサト

ネット広告代理店の営業。新卒である渚の教育担当。効率厨だが面倒見が良い性格で、本当に困っている人がいたら、自分が損な役回りになろうとも手を差し伸べてしまうお人好し。

伊《い》波《なみ》 渚《なぎさ》

新卒ちゃん。よく気が利き、かつ可愛いことから社内だけでなく社外でも人気者。課された仕事もキチンとこなすことができる高スペック女子だが､マサトと２人きりになるとさらに甘えん坊に。

因幡《いなば》深《み》広《ひろ》

マサトと同期のデザイナー。クリエイターとしてのセンスはピカイチで、かつ仕事も早い天才肌。自由奔放で気まぐれ猫のような性格。気兼ねせず何でも言い合えるマサトのことを気に入っている。

1話：転生しますか？　いいえ、転職したいです

転職。

ゲーム好きな人種ならば、きっと胸躍らせる言葉に違いない。

「武闘家に飽きたから僧侶になろう」だとか、「剣だけでなく魔法も使いたいから魔法戦士になろう」だとか。

さらなる飛躍、新しい可能性を夢見て、ゲームのステータス画面に表示された【転職する】というアイコンをタップするのだろう。

一方その頃、社畜。

今の会社に不満やストレスを抱いている社畜ならば、きっと蠱惑《こわく》的な言葉に違いない。

「上司の理不尽なパワハラに耐えられないから転職したい」だとか、「投げられる仕事は多い。にも拘《かか》わらず、与えられる給料は一向に上がらないから転職したい」だとか。

アットホームな職場、純真無垢《じゅんしんむく》なホワイト企業を夢見て、転職サイトの応募画面に表

示された【応募する】というボタンをクリックするのだろう。

ゲーム好きであり社畜である人間は、転職という言葉にどういった反応を示すか。

「チクショウ……。退職したろか……！」

俺こと風間《かざま》マサト。圧倒的、社畜。

仕方ないじゃないスか。ゲームしてるときより、働いているときのほうがディスプレイと睨《にら》めっこする時間が多いのだから。

残暑も明け、肌寒さを感じる今日この頃。

オフィスの窓から差す西日もすっかり落ちるのが早い。定時を迎える頃には、我こそが主役と言わんばかりに、月が夜空を粛々と照らし続けている。

ガキの頃ならば、暗くなるギリギリまで遊びたいお年頃だけに、月を恨めしく睨みつけていただろう。

ガキから社畜へとジョブチェンジしてしまえば、明るかろうが暗かろうが関係ナシ。

休日出勤、さらには残業という死体蹴りを食らおうものなら、月よりも出勤を命じた部長《ハゲ》を根絶やしにしたい衝動に駆られる。毛根朽ち果てろ。

「何が『どうせ土日も暇でしょ？』だよ……。お前が毎回仕事押し付けてくるせいで、土日どころか平日も朝から晩まで大忙しじゃい……！」

部長の顔を思い浮かべるだけで、胸が苦しくなるのはなぜだろうか。

「体脂肪気にしてんなら運動しやがれ……。一丁前に黒烏龍《くろウーロン》とかダイエットコーラばっかり飲んでんじゃねえ……。サウナでプラチナ会員になるくらい蒸されに行くんじゃねえ……。前世、肉まんかよ……！」

この感情は恋だろうか？

分かってる。殺意である。

「〜〜〜〜っ！！！　部長ファアアアアアアア〜〜〜〜〜〜ック！！！」

ノーパソのキーボードではない。もはや、格ゲーのアーケードコントローラー。

ガチャガチャガチャ！　と一心不乱にボタンを連打し、昇竜拳、灼熱《しゃくねつ》波動拳、瞬獄殺といった技の数々を、部長《ハゲ》に想《おも》いを馳《は》せつつ高速入力していく。

「部署をまとめる責任者が、責任押し付けるんじゃねえ！　そんなんだから毛髪もまとまらずにハゲちらかすんじゃゃハゲ〜〜〜っ！！！」

魂の雄叫《おたけ》びを上げつつ、部長をパーフェクトKO。

気分爽快？

答えはNO。静かなオフィスで一人叫んだところで虚《むな》しいだけ。

作業デスクに力なく突っ伏してしまう。

「あぁ、転職したい……。完全週休2日制、水曜日がノー残業デイ、心の底から尊敬できる部長のいる真っ白な企業に勤めたい……」

泣けるものなら泣きたいが、残念ながら一筋の涙さえ溢《こぼ》すことができない。ドライアイなのだ。ディスプレイを見過ぎて。

「ねーねーマサト先輩。第二新卒って、新卒で入社してから3年目以内でしたっけ？」

「一緒に転職しようとするなよ」

俺も大概だが、「え～！」と隣でブースカ垂れる小娘も大概残念な子。

俺直属の後輩、伊波渚《いなみなぎさ》である。

太陽の権化《ごんげ》のような奴《やつ》でも肌寒さを感じるらしい。伊波は薄手のカーディガンを羽織っていて、小柄で華奢《きゃしゃ》な身体《からだ》には不相応なくらいブカブカ。手の甲や尻が半分以上隠れてしまうくらいで、『彼氏のTシャツ借りちゃいました』感が強い。

そりゃそうだ。そのカーディガン、俺のだし。

「先輩の私物を無断使用すんじゃねえ」

「チ・チ・チ」

指を振りつつ、伊波はドヤ顔たっぷり。

「この伊波渚。不肖ながら、マサト先輩が直《す》ぐにぬくぬくなカーディガンを羽織れるようにと、自ら羽織って温めているんですっ」

「お前は秀吉《ひでよし》かよ……。適当言うな。自分が寒いだけだろ」

「寒いというよりは、マサト先輩の匂いにたっぷり包まれたいのが本音ですね！」

「余計質《たち》悪いわ！　さっさと脱げ！」

「いや～ん♪　マサト先輩のエッチ～♪」と身体をくねらせる伊波は脱ぐ気ゼロ。

引っぺがしたい気持ちは山々なものの、そんなことしてしまえば秀吉&信長《のぶなが》ではなく、町娘&悪代官に早変わりするだけ。目で訴えることしかできない。

「そんなに寒いなら、カーディガンじゃなくて私が温めましょうか？」

「アイコンタクトの受信機ぶっ壊れすぎだろ……」

「ささっ。私の胸に飛び込んでどうぞ♪」

伊波が両手を広げてウェルカム態勢。

「はい喜んで！」と後輩の両乳で暖を取るようなド変態な行為などするわけがない。

エロスな感情を飲み込むべく、残業の相棒にと買っておいたエナドリで喉を鳴らす。

「あん？」

少々温《ぬる》くなっているものの、エナドリ特有の甘さや強炭酸は健在でリフレッシュするには持ってこい。

「全く。恥じらいって言葉を知らんのかお前は」

「別に恥ずかしがらなくてもいいじゃないですか」

「あん？」

「私たち、一緒のベッドでおやすみした仲なんですから♪」

「ゴフッ……！！！」

喉越しで味わうエナドリが、鼻越しで大暴発。

「ゴホッ、カハァ……！　は、鼻に炭酸がぁ……！」

「あの日の夜を思い出しちゃったんですか？　も～♪　マサト先輩ってば～♪」

「お、思い出して噴き出してねーわ！」

あの日の夜。

それすなわち、二人で飲みに行った先週の一件に違いない。

仕事帰りに飲むことはザラなのだが、この日の俺たちはとてつもなく浮かれていた。

伊波お気に入りのランジェリーショップから念願の契約をGETできたり、旧友との再会がキッカケで生じたすれ違いを修復できたり。

行きつけの居酒屋、ちょっと気になっていた居酒屋、少し高いけど銘酒の揃《そろ》う居酒屋などなど。酔えば酔うほど楽しくなってきて、アルコール求めてはしご三昧。

何軒目か数えるのも、何杯飲んだか把握するのも面倒になれば、もはや楽しむこと以外考えるのが面倒になる。

面倒になりすぎたのか。はたまた、楽しみすぎたからか。

目が覚めた場所はラブホテルのベッド。

隣には、乱れた浴衣《ゆかた》姿の伊波が寝息を立ててぐっすり。

二日酔いも寝惚《ねぼ》けもブッ飛ぶ光景に呆然《ぼうぜん》としていると、ようやく伊波が起床する。

そして、浴衣を正した伊波が、三つ指つきつつ言ってくるのだ。

「これからも末永くよろしくお願いしますね。マサト先輩♪」

つい先日のことを思い出せば、背中から冷や汗も垂れてしまう。

当たり前だ。酔った勢いで後輩とお楽しみしちゃいましたとか笑えない。

質が悪いというか、情けないのは、ラブホテルに入った記憶さえアヤフヤなこと。

(俺って、気付いてないだけでめちゃくちゃ酒癖悪いのか……?)

今回の件もそうだし、以前にも伊波とホテルに行く約束をしてしまったことがあるっぽいし……。

　これを聞くのは何回目だろうか。

「なぁ伊波」

「はいです？」

「ベロンベロンに酔ってホテルに泊まったときさ。俺たちはその……、寝ただけ、だよな？」

「はいっ。一緒に寝ちゃいましたね～♪」

「──えっとだな。念のための確認だけど、お前のいう『寝た』って純粋な意味？」

「それはもう♪　純粋な気持ちがあるからこそ、一緒に寝ちゃったんですっ」

「ど、どっちとも取れる言い方すぎる……！」

　この野郎。絶対確信犯だろ……。

　毎回こんな感じで濁されるというか、からかわれるのだ。

　伊波の肩を摑《つか》んで、必死に揺さぶり続ける。

「どっちなんだ⁉　頼むから俺を楽にしてくれ！」

「きゃは☆」

「わざとらしく照れ笑いすんな！」

大根役者全開。伊波は両頬に手を添えると、やんやん首を振り続ける。

「う〜ん。どうでしたかね〜、私もたっぷり飲んでましたからね〜」

「それは覚えてる奴の口だろ！」

「えへへ。確かに、マサト先輩の行為の数々を忘れるほうが難しいかもです♪」

「ん？　行為の数々？」

「あの夜のマサト先輩、すっごく大胆だったなぁ。よっぽど日々のお仕事でストレスが溜《た》まってたんですねぇ」

伊波がポッと頬を赤らめれば、俺はサーッと青ざめていく。

部長への不満をシャウトしたり、転職したいだのと泣き言を言ったばかりなだけに強く否定できない。

え……。俺、酔った勢いで大胆になって、日々のストレスを後輩にぶちまけたの？

ラブホテルで……？

「私が『少し休憩しましょ？』とか『もうおやすみしましょ？』って言っても、マサト先輩全然言うこと聞いてくれなくて。中々寝てくれなくて、大変だったんですよ？」

「マ、マジか……」

「マジです。所構わず、何度も何度も求めてきて。それはもう尽くしに尽くしちゃいましたよ」

「所構わず!?　何度も何度も!?　尽くしに尽くしたぁ!?」

中高生だけでなく、アラサーな俺でも興奮せざるを得ない３連ワードに、そりゃ素っ頓狂な声も上げる。

思わず想像してしまう。

ベッドの上、風呂場《ふろば》や洗面台、ソファや鏡前など。所構わず何度も何度も。

日々溜め込んでいたストレスを晴らすかのように、穢《けが》れを知らない伊波の身体へと欲望をぶちまけていく。

伊波もまた、期待に応えるかのように俺へと尽くしに尽くしてくれる。

スーツのままであったり、浴衣や下着姿、ナースや制服といったコスプレ姿であったり。

勿論《もちろん》、生まれたままの姿でも。

「～～～っ！　俺のド変態～～～！」

悶絶《もんぜつ》必至。

過去の俺も変態だし、妄想する今現在の俺も変態と言わざるを得ない……！

伊波のあられもない姿がはっきり思い浮かんでしまうのだから、溜まっているのはストレスなのか性欲なのか分かったもんじゃない。

伊波はドン引きするどころか嬉々《きき》とした表情で、

「やっぱり大好きな人に求められちゃうと、拒めないものですよね～♪」

「そんなヒモ男を養うダメ女みたいな発言するなよ……」

「お気になさらず！　そして、お任せくださいっ！　マサト先輩のストレスやエッチな欲望は、私が全て受け入れてみせま──、」

「皆まで言わせるかぁ！」

その後も、伊波の口から明確な言葉を捻《ひね》り出そうとするが、伊波は絶妙なところでのらりくらりと躱《かわ》し続ける。

『どうか冗談、できれば伊波の妄想でありますように』と願うばかりだが、真実だった場合、自分のド畜生度がさらに上昇するだけに何も言えず。

人生は世知辛い……。

2話：名は体を表す

「う〜〜ん。どうしたもんかねぇ」

向かい側のデスクにて。分かりやすく悩む女が約一名。

明るくカラーリングされた、ゆるふわパーマは整った顔立ちを一層小さく見せ、少し尖《とが》らせた唇が色っぽく艶やか。首に垂らしたネックレスが重々しく、トップ部分のアクセサリーが面舵《おもかじ》いっぱいに彼女の身体を傾けさせている。

ネックレスは重いように見えるだけ。実際重いのは間違いなくアレだ。

圧倒的、乳。

持ち上げるように、すくい上げるように。うんうん唸《うな》りつつ両腕に載せられた彼女自慢のバストは、普段以上に強調されて一層凄《すご》みを増している。重さ以上に柔らかそうという感想を抱いてしまうのは、細腕を隠してしまうくらい乳がめり込んでいるからに違いない。

総評。目の保養、ありがとうございます。

「風間《かざま》ー。ガン見してもいいから、こっち来て手伝ってよー」

「コソコソ見てたのにバレてた……!」

胸だけでなく、度胸もたっぷり。

彼女の名は因幡深広《いなばみひろ》。俺のラスト同期である。

「コソコソ見るからバレるんじゃん」と、あっけらかんと言うあたり、俺のような有象無象な輩《やから》に見られるのは慣れっこなのだろう。

慣れられてるといえど。このままでは同期に欲情するただの変態。

名誉挽回《めいよばんかい》すべく、自席を立ち上がり因幡の席へ。

ガン見するためではない。ケッシテ。

「――で、何をそんなに悩んでんだよ」

「コレよコレ」

因幡が指差す先、デスクに平置きされたタブレットPCを覗《のぞ》いてみる。

さすがデザイナー職の因幡。お絵描きもお手の物。

白いキャンバスには、ゆるキャラチックな生物、猫らしきイラストが沢山描かれていた。

四足歩行もいれば二足歩行もいたり。モフモフで可愛《かわい》らしい三毛猫もいれば、オッサン感漂うトラ猫もいたり。果物から出てきた白猫が尻を一心不乱に振っていたり。

サザエんとこの猫、混じってんじゃねーか……。

「えっと……、落書きして遊んでんのか？」

「乳揉《も》ますぞコラ」

乳を揉まされる→労働局にチクられる→クビになる
さすが同期同士。短い言葉だけでも相手が何を言おうとしているのか丸分かり。

Gカップ（推定）揉めるし、ブラック企業ともオサラバできるし、脅しに屈するのも良いのかもしれない。

因幡としてはよろしくないようで、

「ちがーう！　ロゴ作ってんのよ、ウチの会社の！」

「ほあ」

そういえば、月例会議で無茶ぶりされてましたね。

ロゴマーク。

会社名や商品名などを特別にデザインしたもの。略称ロゴ。

文字やシンボルを主体《ベース》にして作り出されることが多く、デザイン元の『象徴』や『顔』となる重要なツールである。

日の丸テイストなロゴを見ただけでユニクロと分かるように、かじったリンゴのロゴを見ただけでAppleを思い浮かべるように。麦わら帽子を被《かぶ》った骸骨マークを見ただけで「麦わら海賊団がやってきた」と海軍が恐《おそ》れ慄《おのの》くように。

周囲を見渡すだけで、いくつものロゴが目に入るくらいだ。身近な存在といえよう。

そんなロゴを因幡は作っている最中らしい。

「ウチの会社なんて知名度全くないし、ロゴなしでも別にいいじゃんねー」

「お前……。席が離れてるとはいえ、部長らがいる前でよく平然と言えるよな……」

「おあいこ、おあいこ。ワタシの胸、毎回ジロジロ見てんの許してんだから」

悲報。部長らと俺、まさかの同じ扱い。

ますます、失った信頼を取り戻す必要アリと実感してしまう。

最初からない可能性大だけども。

「猫のイラストが多いのは何でだ？」

「……アンタねえ」

「え」

「ウチの会社名忘れたの？」

「会社名……。——あぁ……」

呆《あき》れ顔、半眼ジト目の因幡に逆質問され、自社名をやっとこさ思い出す。

株式会社アド・キャット・エージェンシー
ちなみに自社や取引先などからは、アドキャットと呼ばれることが多い。

「そういやウチの会社名に猫入ってたなぁ」

「風間も大概よね。自分が働いてる会社の名前なんて普通忘れる？」

「ふっ……。愛着ある会社だったら、名前なり毎年の経常利益なり何でも覚えるさ」

「おーい、遠い目すんなー」と因幡に手を振られようとも、サービス残業や休日出勤だらけの会社を直視できるわけもなく。

類は友を呼ぶ。社畜もまた然《しか》り。

「私、社訓は何年経《た》っても忘れられないと思いますっ」

毎朝、アホみたいに唱和させられてるからね。

悲しき社畜仲間、伊波《いなみ》がやって来る。

俺らのために温かい飲み物を持ってきてくれたようだ。トレイに載せられたカップからはコーヒーの香りが広がっていて、目を覚ますには持ってこい。

「どぞどぞ。深広先輩にはミルクとお砂糖も付けちゃいますね」

「お、さすが渚《なぎさ》。サンキュー♪」

さすが期待の新人。スタッフたちの飲み物把握もお手の物。

「マサト先輩は愛情多めで良かったですよね？」

前言撤回。サラッと異物混入しようとしとる……。

「いや、愛情抜きのブラックで――、」

「ＬＯＶＥ注入～～～♪」

人権って一体。両手でハートの形を作った伊波が、念力出とんのかというくらい俺のコーヒーにエネルギーを放出する。

「はい召し上がれ♪」とメイド店員顔負けのスマイルを尻目に一口。

ブラックなのに普段より甘く感じるのは、愛情ではなく伊波が変化系能力者だからに違いない。

まぁ淹《い》れてくれるだけ、ありがたいんだけども。

「ねーねーマサト先輩」

「うん？」

「ふと疑問に思ったんですけど、アドキャットの『アド』ってなんですか？」

ｇｇｒｋｓ《ググれカス》というほど畜生ではない。コーヒー代くらい教えてやろう。

「ああ。アドってのはアド広告だよ。アドネットワーク広告の略」

「アドネットワーク？」

「ざっくり言っちまえば、ポータルサイトやSNSなんかの複数の広告媒体に、全部ひとまとめで運用やら管理ができる仕組みのことだな。俺らの会社が使ってるＧｏｏｇｌｅやＹａｈｏｏの広告サービスもアド広告な」

伊波は納得してくれたようで「へ〜」と何度も頷《うなず》く。

「アドって付く広告代理店が多いのは、そういうことだったんですね」

「そういうこっちゃな」

「勉強になりましたっ。さすがマサト先輩、物知りですね！」

「――って、昔ネットで調べたら書いてた」

「あらら。まさかの参考文献」

『情報源《ソース》は俺』くらい言えればカッコいいのかもしれないが、生憎《あいにく》そんな知能を持ち合わせてはおらず。なんなら、レポートや資料をＷｉｋｉでコピペしたのがバレて、しこたま怒られた経験があるくらいだ。

物知りな先輩から、テキトーな先輩に格落ち。

伊波からの評価はガタ落ち？

「うむ！　正直者な先輩には熱々なコーヒーにピッタリ！　熱々なキスとハグをプレゼントしちゃいまーす♪」

「せんでええわ！」

ガタ落ちどころか、うなぎ登り。『金の斧《おの》銀の斧』の悪用ここにありけり。

さすがにキスまではしてこないものの、くっついてきた伊波は、「アドキャットだにゃ～ん♪」とワケ分からんことを供述しつつ、俺の二の腕に頬《ほ》っぺたをスリスリスリスリ。

『半袖ならもっと堪能《たんのう》できたのに』と一瞬考えてしまう自分に腹が立つ……！

「～～～っ！　毎度毎度、こじつけ理由でくっ付くなぁ！」

「了解ですっ。これからは理由がなくてもマサト先輩にくっつかせていただきますね♪」

「発想が奇才すぎる！」

こういう異次元投球する奴《やつ》が、オレオレ詐欺やＬＩＮＥ詐欺を思いつくに違いない。

「ほら！　さっさと離れろ」

「ちぇ～」

しっしっ、と手払いすれば、不満タラタラに唇を突き出した伊波猫は、次の主人である因幡のもとへ。基本属性が甘えん坊な奴である。

「深広せんぱ～い。マサト先輩が倦怠期《けんたいき》です」

「大丈夫、大丈夫。ただ恥ずかしがってるだけだから。こういう奴に限ってムッツリって相場が決まってるから」

「そうなんですか?」

「そそ。見た目は人畜無害、中身は助兵衛《スケベエ》。自分は恥ずかしいことが苦手なのに、相手に恥ずかしいことさせるのは大好物ってわけ」

こういうときの因幡って、本当に生き生きしている。

「三度の飯より下手の横好き！　セーラー服やらナース服に飽き足らず！　裸エプロンやらセクシーランジェリーまで何でもござれーい！」

「！！　そんなに過激なものを着させられちゃうんです!?」

「コスプレなんて軽いジャブよ。要求は回数を重ねるごとに、どんどんエスカレートしちゃうのなんの」

「ぐ、具体的にどのような……?」

「『今日は鏡の前で挑戦してみようぜ』とか、『普通のデートも飽きたしコレ挿《い》れとけよ』とか、『バレンタインだからチョコレートソース掛けてもいいよな?』とか」

「あわわわ……！」

因幡がねっとり囁《ささや》けば、伊波はさらにエキサイト。

「そんな過激な世界に連れていかれたら、もうお嫁に行けなくなっちゃいます！　結婚してもらわないと困ります！」

「困らせろ、困らせろ！　沢山恥ずかしいことして責任取ってもらいなさい！」

「⁉　な、成程……！　敢《あ》えてお嫁に行けない身体《からだ》にされることで、マサト先輩に結婚を余儀なくさせるってことですね！」

「そういうこと！　さぁ渚。善は急げ！　急がばフライアウェイ！」

気分は教官と訓練生？

「フライアウェイ！」と因幡《いなば》に敬礼した伊波は、再び俺へと距離を詰める。

そして、柔らかい表情一変。真剣な面持ちで告げるのだ。

「ということで、マサト先輩っ！　望むことは何でも受け入れますので、私をお嫁に行けない身体にして――」

「だぁぁ～～～！　人を変態扱いするなぁぁぁ！」

ちょっと黙って聞いてただけで、この言われよう。

風評被害ってレベルじゃねえぞ……！

「因幡のアホ！　後輩にいらんこと吹き込むな！」

「ほうほう。渚を調教するのは、この俺だと？」

「するか！」「や～～ん♪」

どうして因幡は、昼のド頭からカロリーを消費させたがるのか。どうして伊波は、しれ

っと嬉《うれ》しそうに頬を緩ませているのか。

何なんコイツらマジで。

「あのな、俺も暇じゃねーから。真剣にロゴを考えないんだったら席に戻らせてくれよ」

「ちょっと遊んだだけじゃーん。てか、真剣に考えるなら手伝ってくれるんだ」

「……」

何でウチの女性社員は、揚げ足取りのプロフェッショナルが多いのか。

考えるだけ無駄。そんなことを考えるくらいなら、ロゴ案を絞り出したほうが有意義なまである。

「事の発端は社長の思い付きだろ。企業案件ってわけじゃないし、適当なデザイン送りつけときゃ問題ないんじゃないか？」

「ワタシだって適当にしたいのは山々だけどさ。リテイク何回もされたら、それこそ時間のロスじゃん？　一回こっきりで終わらせたいわけよ」

「まぁたしかに……」「ですよね～……」

痛いほど分かるだけに、俺と伊波の頬が軽く引きつってしまう。

社畜あるある。

モチベの上がらない仕事ほど、リテイクくらいがち。

『気分』というものは実に厄介だ。いくら効率化して仕事を進めようとも、気分が乗らなければ、その道のプロや達人でも完成品の質は落ちてしまう。率先して引き受けた仕事と雲泥《うんでい》の差なのはお察しの通り。

「朝イチでよろ」と終業直前に仕事を押し付けられ、終電逃してまで作った資料が、

「あんまり良い資料じゃないよねー。まぁいいや」

あのとき、どれだけ部長暗殺の依頼をヒットマンに頼みたかったか。

今でもちょくちょく頼みたくなるけども。

「深広《みひろ》先輩っ。微力ではありますが、私にも協力させてください！」

俺の私怨《しえん》はさておき。伊波が元気一杯に挙手する。

猫の手も借りたい、優秀な新卒ちゃんなら全身を借りたい。そんな因幡としては感極まる提案のようで、伊波の顎や髪を子犬の如《ごと》く撫《な》でくり回す。

「よく言った渚！　ほんとに、風間《かざま》にあげるのが勿体《もったい》ないくらいだわ～」

「えへへ♪　貰《もら》ってもらえるように励む毎日です♪」

小悪魔二人のことだ。「箱に詰めて送り返したるわ」と塩対応したところで、砂糖を口の中にブチ込まれるのが関の山。ツッコまずにお口チャックが正解である。

「そうと決まれば、協力よろ！」

「よろです！」

因幡がスタイラスペンを器用にも一回転させれば、それはロゴ作り始まりの合図。

「ワタシとしてはアドキャットって名前だし、猫メインでいいかなって」

「大賛成ですっ。黒猫ちゃんなんていかがでしょうか。代理店《エージェンシー》らしいプロフェッショナルな色合いかなと！」

「お、いいね～！　プロフェッショナル感を出しつつ、馴染《なじ》みやすい要素も追加しちゃおっか。アットホームっぽさとか？」

「でしたら、親子を描いちゃいましょう！　お母さん猫が赤ちゃん猫の世話をしているシーンなんて、キュンキュンしちゃいますよねー♪」

「渚《なぎさ》、アンタは天才か……！　それ採用！　あとはロゴっぽく、色付きの枠で親子猫を囲ってと――」

伊波《いなみ》＆因幡《いなば》コンビ絶好調。ディスカッションを重ねれば重ねるほど、因幡の動かすペンの速度が速くなっていく。みるみるうちにデザインが形になっていく。

そしてついに。

「できた！」「できました！」

「こ、これは……！」

二人が見つめる液晶ディスプレイを覗《のぞ》き込めば、思わず目や口を大きく開いてしまう。

まさに、プロフェッショナルとアットホームの融合。黄色く囲まれた楕円《だえん》形の中には、黒い親子猫の姿が描かれていた。

親猫が赤ちゃん猫の首根っこを咥《くわ》えてトコトコと歩く姿が微笑《ほほえ》ましい。一見すると微笑ましさメインのようだが、『必ず大切なものを守ってみせる』という力強いメッセージが親猫からひしひしと伝わってくる。ロゴを見ただけで、込められた想《おも》いや会社のバックラウンドが容易にイメージできる。

まるで全国各地に笑顔と荷物をお届けするような――、

「って、クロネコヤマトじゃねーか！！！」

我ながら思う。長いノリツッコミだと。

どこからどう見ても、クロネコヤマトの宅急便。日本の宅配便事業を担《にな》う大企業様。

それっぽいディスカッションした結果が、もろパクリとか……。

「天下の宅配業者に喧嘩《けんか》売んじゃねえ！　二度と利用できなくなるわ！」

「ハッ⁉ た、確かにクロネコヤマトになってます！　どうりで短時間の話し合いにしては完璧すぎるデザインだなと！」

「クリエイターあるあるよねぇ。『コレだ！』って革新的なアイデアが浮かんだと思ったら、昔見たことある有名クリエイターの作品でした、って」

「──とか言いつつ因幡。お前のことだから確信犯なんじゃないのか？」

「きゃは☆」

舌を出してウインクする姿が可愛《かわい》い。同時にシバきたい。

一方その頃、伊波《いなみ》。一の矢がダメなら二の矢を放つまでと、人差し指をピンと立てる。

「こういう案はいかがでしょうか？　ズバリ、ワイルドにカッコ良く！　荒野を躍動感たっぷりに駆け巡るネコ科のアメリカライオン、その名も──、」

「ＰＵＭＡにまで喧嘩売んじゃねえ」

「あ～ん！　最後までボケたかったのに～！」

いっそのこと、まんま同じデザインを公表してアドキャット潰したろか。

愛着がないとはいえ、倒産して路頭に迷うのも困る。悲しき社畜人生である。

「ったく、お前らは……。訴えられるデザイン作るくらいなら、適当にデザインしたほうがマシじゃねーか」

「何よ。さっきから文句とノリツッコミばっかり」

「え」

頬杖《ほおづえ》ついた因幡が、俺をジト目で睨《にら》んでくる。

「そんなにブゥ垂れるなら、アンタがデザインしてみなさいよ」

「そーだそーだ！　さっきから文句と溜《た》め息ばっかり！　その減らず口、チューで塞いでやりましょーか！」

「な、なんて奴《やつ》らだ……。パクった側のが正しいみたいに開き直りやがった……」

クレーマーにクレーマー扱いされる理不尽っぷりに、怒りよりも呆《あき》れの感情が勝ってしまう。何なら「俺が本当に悪いのか……？」と心配になってくる。

「仕方ねーな。ちょっとペン貸せ」

俺にだって矮小《わいしょう》ながらプライドもある。

スタイラスペンを受け取り、立ち上がった因幡の席へドカッと座る。

「いいか？　こういうもんはな。客観的にじゃなくて、もっと主観的になって考えていけばいいんだよ」

「ふむふむ」

相手や消費者ユーザーの視点で考えるのは大事なことだ。しかし、今回は自社からの依頼。もっと近しい視点で考えていいものだろう。

「アド・キャット・エージェンシーの名付け親、社長の気持ちを紐解《ひもと》いていくことがゴールへの近道ってわけだ」

名前には必ず意味がある。

桃から生まれたから桃太郎のように。ジャイ子の兄《あん》ちゃんだからジャイアンのように。

「正しい人に育ってほしい。今っぽくカタカナにしとこう」と、マサトにされたように。

気分は難解な公式を解く数学者。ひとりごちつつも、さらに考察にふけっていく。

「アド・キャット・エージェンシー……。アドは広告で、エージェンシーは代理店……。キャットを社長が付けた理由はなんだ？　──うん。飼い猫がいるからとか、可愛い動物入れといたほうが女子ウケするからとかだろ。ってことは、社長の機嫌を取るためにも猫をメインにするのはやはり必須条件だな……」

「す、すごいですマサト先輩。深く考えているようで、結構浅い……！」

「うん……。しかも、半分以上が社長のディスだし」

気にしたら負け。

「代理店《エージェンシー》じゃなくて、代理人《エージェント》って言葉に変えたらどうだ？　確か別の意味でスパイ、諜《ちょう》報員《ほう》だったはずだから……。イメージ的にはスーツ？　──いや、もう少し砕けた感じでネクタイだけを猫に付けて……、」

「ふむふむ！」

長考すること、ペンをディスプレイに走らせることしばらく。

「よし、できた」

先ほどとは対照的に、左右にいる伊波と因幡《いなば》がディスプレイを覗き込んでくる。

「「こ、これは……！」」

驚きに満ちた声を二人は出しつつ、さらに言うのだ。

「「シンプルに下手！」」

自分でも思う。「何この気持ち悪いモンスター……」と。

考える力があったとしても、画に落とし込む力があるかは別なわけで。

キモカワいい。キモい×可愛いの組み合わせは相乗効果を生む。

キモキモい。キモい×キモいの組み合わせは只々《ただただ》気持ち悪い。

二人の未知との遭遇感がエグい。

「深広先輩……。この生き物って、猫であってますよね……？」

「分かんない……。まぁ、化け猫でもオリジナルの妖怪でもいいんだけどさ。腹立つ顔してるわぁ～。左右で目の焦点合ってないし、口開けっぱだし。首らへんのY字は何？　大胸筋……？」

「～～っ！　普通の猫に決まってんだろ！　あと、首のY字は大胸筋じゃねえ！　ネクタイだネクタイ！　美術2だったんだから仕方ねーだろ！」

「副教科で2て。アンタどんだけ絵心ないのよ」

「インフルエンザで試験休んじゃったとか？　……いいえ、すいません。そのイラスト的に5段階評価で2は妥当だと思っちゃいました……」

「〜〜〜っ！　うるさい、うるさい、うるさ〜〜い！」

もう、うるさいしか言えない。

もっと言えない。10段階評価で2だったなんて……。

「あっ。でもでも。見ようによっては、温かみや味のあるイラストの気がしますっ。ほら！　5歳の子が描いたと思えば！」

「あ〜、確かに。5歳児と思えばいいかもしんないわね。実際、子供の描いたイラストをロゴに使ってる企業もあるって聞いたことあるし」

「5歳児扱いすんな！　27歳になったばかりだバカヤロウ！」

死体蹴り？　バブみの極み？

最高の玩具を見つけた二人が、俺へと抱き着いてきたり、頭をヨシヨシしてきたり。

「マサトしゃんは可愛いでちゅね〜♪　今日は渚ママと、おねんねしまちょうね〜♪」

「おっぱいの時間にちまちゅか〜？　ほんと、マサトきゅんは深広ママのおっぱいが大好きでしゅね〜♪」

「だぁ～～～！　お前らマジで嫌い！」

　男性社員の羨ましげな視線が突き刺さるものの、オフィスのド真ん中で赤ちゃんプレイされる身にもなってほしい。公開処刑以外の何物でもない。

「ちょっと！　君たちは何をさっきから騒いでるの！」

「す、涼森《すずもり》先輩！」

　注意しにやってきたのは、俺らの先輩上司、涼森鏡花《きょうか》さん。

　怒られるに決まってる。オフィスでギャースカ騒いだり、バブバブされているのだから。

「楽しく仕事するのはいいことだけど、もっと真剣に取り組みなさい。分かった？」

「うす……」「はーい」

　説教するのってカロリー使うし、損な役回りだ。それなのに、率先して憎まれ役を買って出てくれるのだから、さすがは我が社の絶対的エース、憧れの先輩だとつくづく思う。

「それで騒いでる理由は一体何なの？」

　根本的な問題を探るべく、涼森先輩が平置きされたタブレットＰＣへと目を通す。

　視線の先には、俺が一生懸命考えた猫のロゴ案がコンニチワ。

「…………ふ。…………ふふっ……！」

　ムスッと眉根を寄せていたのに。怒りを表すように両手を胸前で組んでいたのに。

表情一変。キレイなお姉さんは、今にも弛緩《しかん》しそうな頰を必死に堪《こら》え始める。『痛みがなければ溢《あふ》れてしまう』とほっそりした二の腕をギュウウ～！　とつねり続けたり、両肩をぷるぷるバイブレーションさせ続けたり。

「――あの、涼森先輩」

「な、何かな……？」

「俺が言うのもアレですけど、注意するか笑うかどっちかにしません……？」

まさにダム決壊。

「アハハハハハ！　何このイラスト！　キモカワいすぎてズルい！」

「～～～っ！　注意を選んでくださいよ！」

選ばれたのは大爆笑でした。

まさに捧腹絶倒《ほうふくぜっとう》。M‐1決勝でも見とんのかというくらい涼森先輩が笑い続ける。

罪悪感があるようで両手を合わせてはくれるものの、それでも笑いを止められないのだから尚更《なおさら》タチが悪い。

涼森先輩は目尻に溜まった大粒の涙を拭いつつ、

「はぁ～。久々に息できないくらい笑っちゃった。今日はジム寄らなくてもいいかな」

「俺のイラストに腹筋作用を求めないでください……」

「いやいや、バッチリだよ。コピーして家に持ち帰りたいくらいだもん♪」

「了解ですっ。あとで3部コピーしておきますね！」

「アホ伊波！　ちゃっかり人数分用意しようとすんな！」

結局のところミイラ取りがミイラに。小悪魔姉妹に長女が加入しただけ。

とはいえ、さすがはキャリアウーマンな先輩。かくかくしかじかと、自社ロゴについて考えていることを説明すれば、

「成程ね。それなら、とっておきの情報を教えてあげる」

「「とっておき？」」

「うん。アドキャットの名前の由来について」

首を傾《かし》げる俺ら三人に対して、ニッコリ笑顔の涼森先輩は教えてくれる。

「社長の奥さんの名前が秋江《アキエ》だったの」

「？？？　秋江だからどうしたんですか？」

「秋江の頭文字って言ったら分かるかな？」

「秋江の頭文字……？　…………。――――あ」

クイズ大会の一番乗りは俺のようだ。

「え。風間《かざま》分かったん？」

「教えてください！　気になって眠れません！」

「お、おう。えっとだな……」

黙っておく必要もない。何なら早く共有したいまである。

「アドキャットエージェシーを区切ると、アド・キャット・エージェンシーだろ？」

「うんうん」」

「それの頭文字だけ読むとア・キ・エ、秋江になるってわけだな……」

「「…………」」

秋江↓アキエ↓ア・キ・エ↓アド・キャット・エージェンシー
答えが分かって改めて思う。

「「く、くだらない……！」」

嫁の名前を会社名に使うんじゃねえ……。

「まだ裏話があるの」

「え……。これ以上にくだらない話が？」

涼森先輩は俺らへと半歩顔を近づける。

「秋江さんとはね。会社設立して間もなくで離婚したらしいよ」

「「え」」

「今の奥さんはカタリーナっていう名前で、行きつけのフィリピンパブで知り合ったんだとか」

裏話というより、本当にあった怖い話じゃん……。

「え～と。ということはですよ？」と伊波《いなみ》は至極大真面目な表情で、

「もし、カタリーナさんと早く結婚してたら、カピバラ・タランティーノ・リーズナブル・ナレッジとかになってたんですかね……？」

ナレッジの意味は知識や情報。

さすが、できる後輩。それっぽい言葉で最後を締めるあたり座布団《ざぶとん》一枚差し上げたい。

まぁ、クソダサい会社名に変わりはないんだけども。

「んにゃぁぁぁ～～～！」

「い、因幡⁉」

隣の因幡大爆発。

「考えるのバカらしい！　もう風間のでいいや！」

「はぁん⁉」

「どいて」と命令する時間も勿体《もったい》ない。オフィスチェアに座っている俺ごと壁へと押しやった因幡は、立ちっぱのままにペンを全力疾走。

劇的ビフォーアフター。俺の描いたキモキモい猫が、みるみる内に魔改造《リメイク》されていく。定まっていない目の焦点は合うようになり、何も考えていないIQ5のアホ面が多少マシになる。棒人間と然程《さほど》変わらない身体《からだ》も猫っぽく、Y字大胸筋ではなくネクタイがしっかり巻かれるように。因幡はあっという間にイラストを完成させてしまう。

だいぶマシにはなった。とはいえ、カエルの子はカエル。化け物の子は化け物。未《いま》だにチープさやパチモン感がすごい。

ペン代わりにマウスを持った因幡がカチカチとクリックするのは、会社のクラウドストレージ。それすなわち——、

「い、因幡！　本気で提出する気か⁉　いくら何でもトチ狂いすぎ——、」

「提出！！！」

お前の意見なんて知ったこっちゃねえと、出来上がったばかりのキモ猫をストレージへとドラッグ＆ドロップ。

「お、俺のモンスターが……！」

「はぁ～♪　スッキリしたわぁ～♪」

ミッション完了と言わんばかり。因幡が両手を上げて大きな伸びをすれば、ワイシャツのボタンが弾《はじ》け飛びそうなくらい豊満なバストがへしゃげるへしゃげる。

ボタン、全部弾け飛べばいいのに……。

「そんな悲しい顔しなさんな。風間も言ってたじゃん」

「俺が何を言ったんだよ」

「『訴えられるデザイン作るくらいなら、適当にデザインしたほうがマシ』って」

「～～っ！　俺は大真面目に取り組んだ結果なんだよ！」

繰り返す。

我が社の女性社員は、揚げ足取りがプロすぎる……。

後日。キモ猫をえらく気に入った社長が、ロゴとして本格的に採用する。

キモ猫もとい、アドネコくんとして我が社のマスコットキャラにまでなってしまう。

名刺にまで印刷されるもんだから、名刺交換するたびに、ちょっぴり心が痛む風間マサトであった。

3話：アイスブレイクは、ときにハートもブレイクする

「あはははは！　マサト君、相変わらずの下手っぷり！」

取引先の商談スペースにて。談笑ではなく爆笑が響き渡る。

笑う人物の名は吉乃来海《よしのくるみ》。アドキャットの顧客であり、高校時代の友人でもある。

明るくカラーリングされた二つ縛りのお下げに、ウールセーターとハイウエストなスカートのコーデは、柔和《にゅうわ》でほんわかした吉乃によく似合っている。自身のキャラ性だけでなく、トレンドもしっかり取り入れているにちがいない。

さすがは若者に大人気なランジェリーショップ、メルシー&ピクニックの社員。

「あはははは！　苦しくてお腹《なか》痛い！　ごほっ、ごほっ！」

「むせるほど笑うなよ……」

どんだけワロとんねん。

何をそんなに爆笑しているかはお察しのとおり。俺作のイラストである。

Ａ４紙にご丁寧に拡大され、クリアファイルに過保護にも入れられた魔改造前のアドネコくんは、改めて見てもキモキモい。

「ねぇ伊波ちゃん。このアドネコくん、貰《もら》ってもいい？」

「どーぞどーぞ♪　何ならＬＩＮＥにもデータ送っちゃいますね！」

「やた♪　待ち受けにして毎日笑ちゃおっと」

「送らんでいいし、待ち受けにせんでいいわ！」

「「えへへ」」と短く舌を出す二人は本当の姉妹のようで、しばきたくなったり、目の保養になったり。

商談成立までに色々トラブルというか、ちょっとした誤解などがあったものの、今では伊波も吉乃も良きビジネスパートナーであり、良き友達にまで進展している。吉乃など、伊波のことを『さん』付けから『ちゃん』付けに変えているくらいだ。

勿論《もちろん》、メルピクの会社にまで足を運んだのは、自作イラストを爆笑されるためではない。広告に関する月末レポートの報告をするためである。

公私混同は良くない。とはいえ、ちょっとしたアイスブレイクも、仕事を円滑に進めるためには重要な役割だろう。

もはやアイスがドロドロになってる気もするけど。

「マサト先輩って本当に美術2だったんです？」

「ほんと、ほんと。私たちからすれば、1じゃないのが不思議なくらいだったんだよねー」

「む。失礼なこと言うなよ。テストは毎回平均くらいあったぞ」

「筆記で稼いでたんですね……」

伊波に苦笑いされてしまえば、コチラとしては鼻を鳴らすことしかできない。何なら、画力の低さを自ら吐露したようなもんだし、言い直したいまである。

「あ。そうそう」

吉乃は何か思い出したようだ。咥《くわ》えたばかりの茶菓子《ラスク》を小気味好《よ》く食べ終えれば、俺の顔を眺めつつクスクスと肩を揺らす。

「マサト君さ。ペアを組んでデッサンする授業があったの覚えてる？」

「デッサン？　………。あ～……」

甘酸《あまず》っぱいというか苦じょっぱい青春の一ページを思い出せば、思わず間延びした声も出てしまう。

◆　◆　◆

あれは高2の冬ぐらいだろう。

美術の授業で、男女ペアになってお互いの顔をデッサンするという課題を出されたときのことだ。

「マサト君。お手柔らかにお願いします♪」

「おう」

俺の相方は吉乃。モデルの相手としては何ら不足はない。隠れファンも多い奴《やつ》なだけに描き応えさえ感じていた。

だからこそ、真剣に絵筆を動かし続けた。一生懸命、キャンバスに目前の彼女を写し続けた。兎《と》にも角《かく》にも頑張った。

――つもりでした。

「なにこれ⁉」

「お、おおう……」

残酷な話、努力が決して実るとは限らない。

今でも鮮明に覚えている。吉乃のニコニコした表情が、俺の画を見た瞬間、慄《おのの》きの表情に変化したのを。未知の生物とエンカウントしたような表情になったのを。

吉乃の愛嬌《あいきょう》たっぷりの容姿は何処《どこ》へやら。左右非対称の瞳孔は開ききり、猪八戒《ちょはっかい》ヨロシクに鼻は抉《えぐ》れ、いっちょ前に影を付けようとした結果シミだらけ。

ブサイク爆誕。

「マサト君酷《ひど》い！　というか、私の出来が酷い！　え⁉　私、マサト君に何か呪われるようなことした⁉」

「呪いの絵みたいに言うんじゃねえ！　俺の全力投球だバカヤロウ！」

化け物を生み出してしまった自覚はあった。

とはいえ、そこは思春期あるある。年頃のガキ相応、当時の俺はちょっと斜に構えていた。右を向けと言われたら左を向いてしまう的な。素直にごめんなさいと言えない的な。

「ふっ」

「な、何がおかしいのさ？」

「自分から見た景色と、他人から見た景色ってのは違うもんだ」

「え……？　私って他の人から見たら、こんなグチャグチャなの……？」

「気にするな。人は見かけが全てじゃない。内面をしっかり磨けばいいじゃないか」

「…………」

唖然《あぜん》とする吉乃をなだめるべく、彼女の肩へポンと手を置く。

そして、親指を突き立て、ありたっけのメッセージを送ってやる。

GOOD LUCKと。

「さ〜て。課題も終わったし、さっさと片付けて駄弁《だべ》っとこうぜ——、……ん？」

どうしたことか。吉乃は画材を片付けるどころか、作業を続行する気満々。

——というより……、

「よ、吉乃？　何でキャンバスじゃなくて、俺に筆を向けてんだ？」

「塗る」

「へ？」

「マサト君の顔を黒塗りにして、私のデッサンも黒塗りにします」

なにその猟奇的発想……。

ようやく気付く。全然誤魔化しきれてなかったことに。何なら殺意を増長させてしまっていることに。

言うが早いか、塗るが早いか。

「うおう⁉」

吉乃の容赦ない刺突が顔面目掛けて飛んでくる。

既《すんで》のところで回避すれば、弐撃、参撃と攻撃の手を緩める気ゼロ。

目の前にいるのは友達じゃない。犯罪者である。

「や、やめろ！　アクリル絵の具だぞ⁉　何性だよ！　絶対水じゃ落ちないだろ！」

「大人しく塗られなさい！　酸性でもアルカリ性でもいいでしょ！」

「顔を溶かす気なのか⁉　グチャグチャにされた仕返しをするつもりか⁉」

「ほら！　今、仕返しって言った！　失敗した自覚あるんじゃん！」

「自覚しかねーわ！　というか！　お前を殺して私も死ぬみたいな考え方やめろ！　メンヘラ彼女かよ！」

「メ、メンヘ――、⁉〜〜〜っ！　彼氏面するなぁぁ〜〜〜！」

顔を真っ赤にする吉乃が、俺のデコへ『スケベ』と落書きする。

それはそれは荒々しい字で。

◆　◆　◆

若かりし記憶を振り返れば、俺も吉乃もすっかり同級生モードになってしまう。

「ほんと懐《なつ》かしいよね〜。マサト君、書かれた文字が全然消えないからって、大きい絆創《ばんそう》膏《こう》貼って隠したんだよね」

「そりゃ隠すだろ。――んでもって、その絆創膏が原因で変な噂《うわさ》が広がったんだよな。『喧嘩《けんか》売られた腹いせに、吉乃が風間《かざま》に頭突《チョーバン》きかましました』って」

「あははっ、そうそう！　歪曲《わいきょく》した挙句、『レディース総長』『手よりも頭が出る女』『来海ちゃんのくるみ割り』とか、おっかない異名や技名を付けられちゃってさ」

「柔道やレスリングの部長たちにめちゃくちゃスカウトされたりな」

「見兼ねたマサト君が、私のこと助けてくれたりね」

俺のつもりだろうか？

吉乃はムスッと仏頂面《ぶっちょうづら》を作ると、額の絆創膏を剥がすジェスチャーをしつつ、

「『吉乃が傷つけたのは身体《からだ》じゃありません。俺の心です』…………。ふふっ！　あははははは！」

「お前……。当時と全く同じ反応すんなよ……」

「あのときのマサト君、カッコ面白かったなぁ～♪」

笑いのツボが、今も昔も同じで安心したぞコンチクショウ。

呆《あき》れや照れを覚えつつ、受け皿《ソーサー》に載ったティーカップを持ち上げ紅茶を一口含む。

紅茶素人《しろうと》、ダージリンかアッサムの違いが分からない俺でもリラックス効果はたっぷり。

華やかな香りや味わいが優しく染《し》み渡れば、多少ボロカスに言われようとも、なんかどうでも良くなってくる。

「いいなぁ。羨ましいなぁ」

俺たちの話を聞いていた伊波《いなみ》が、文字通りの反応を示す。

何なら羨ましいを通り越して、ちょっと剥《む》れてるまである。

「何だよ伊波。サインペンでデコに落書きしてやろうか？」

「そんなことしたら、顔を口紅だらけにしてやるです」

「や、やめろアホ！ 冗談だから顔を近づけるな！」

コイツやべぇ。口紅で直接でなく、自分に塗った口紅を使う気満々。

さすがに取引先のオフィス。破天荒な伊波も、公開セクハラを行使するほどバカではないようで、

「違いますよ！ 私も青春時代、マサト先輩と過ごしてみたかったってことです！」

「俺と青春時代だぁ〜？」

「ですすっ。書道の腕前を披露したかったなと！ マサト先輩のオデコに『破廉恥』と書きたかったです！ 『渚《なぎさ》、お前の書いてくれた破廉恥は最高だぜ』って褒めてもらいたかったです！」

「お前の頭ん中の俺、イカれすぎだろ……」

「私の夢は尽きませんっ。朝は自転車の二人乗りで学校に通ったり！ 夜の校舎に忍び込んで一緒にプールに入っちゃったり！ 修学旅行ではグループをこっそり抜け出して逢引《あいび》

きデートを楽しんじゃったり！」

　夢というより、妄想というか野望というか。

「へし折るようで悪いけど。俺はチャリじゃなくて徒歩通学だったし、当時はプール改修中で使用不可だったぞ」

「え」

「あと、修学旅行は男女別れてスキーとスノボだったから。こっそり抜け出そうとしたら100%バレるからな？　実際バレて、しこたま怒られてるバカップルいたし」

「………」

　テンション上げ上げの伊波は何処へやら。

「マサト先輩って、昔から夢も希望もなかったんですね……」

「俺は悪くねーだろ⁉　てか、昔は年相応にあったわ！」

　取引先だろうと腹立つもんは腹立つ。

「昔の俺に謝れ！」と生意気小娘の両頰を引っ張れば、「私の夢を返してください〜！」と負けじと俺の両頰を引っ張ってきやがる。

　もはや上司と後輩ではない。ひまわり保育園である。

「私としては、伊波ちゃんのほうが羨ましいけどな」

「わたひ、でふか？（私、ですか？）」「いはひが？（伊波が？）」

思わぬ発言をする吉乃《よしの》に、俺たちは呆気《あっけ》に取られてしまう。

「勿論《もちろん》、マサト君と過ごす学校生活はすごく楽しかったよ？　けど、やっぱり昔は昔、今は今だからね」

「そういうもの、ですかね？」

「そういうものだよ。こうやって昔話に花を咲かせることはできるけど、一緒にいられないと、『明日はもっと楽しいことが起こるかも！』って期待はできないわけだしさ」

本気の言葉なのだろう。だからこそ、引っ張り合いを止《や》め、普通の顔に戻った俺たちにも吉乃は微笑《ほほえ》み続ける。

明日のことは明日にならないと分からない。

楽しいことが起こるかもしれないし、イベント皆無のまま一日が終わるかもしれない。くだらないことで喧嘩《は》して最悪な一日になるかもしれない。

一喜一憂、思いを馳せることができるのは、過去ではなく現在だけ。

——と吉乃は言いたいのだろう。

「現在進行形でマサト君と一緒に働いてるんだからさ。伊波ちゃんは過去なんか気にせず、今をもっと楽しむべきだよ。ね？」

「……そっか。そういう考え方もできるんですね……」

思いがけない別視点からの切り口に、伊波は一つ二つと静かに頷《うなず》いていく。

分かったフリをせず、しっかり自分の頭で考える姿は好感が持てる。

「うんっ。とても素敵な考え方ですね！」

アドバイスを整理し終えるのに時間は掛からない。

両手を握り締めた伊波は、ヤル気全開、晴れやかスマイルで宣言する。

「マサト先輩にたっぷり甘えたり、たっぷり振り回しちゃおうと思います♪」

「そうそう。振り回しちゃえ、振り回しちゃえ♪」

「振り回そうとするなよ……！」

人のクレームを完全無視。「「ね～♪」」と両手を重ね合ってキャッキャウフフされてしまえば、呆れることとさえアホらしくなってくる。

呆れが薄まったからだろうか。吉乃の顔をマジマジ眺めつつ、ティーカップを傾けてしまう。

「どうしたの？　私の顔に何か付いてる？」

「いや、そうじゃなくて。お前も大人になったなぁと」

高校時代、人の目を気にしてばかりいた吉乃を知っているだけに素直に感心する。

過去を振り返らず、今を生きている感じがカッコ良いとさえ思える。

やはり旧友。短い言葉でも俺の考えていることがお見通し。

「何年経《た》ってると思ってるのさ。人は変わるものですよ」

「まぁ、そう言われちまえば、そうなんだろうな」

「とか言ってみたけど、マサト君は全然変わってないよねー」

「あん？」

吉乃はピンと人差し指を立て、声を弾ませる。

「よくも悪くも芯がブレなくて、『俺の進む道こそ正義なり！』っていう感じが」

「ただの自己中じゃねーか！」

「あははっ♪」

お望みどおりのツッコミだったのか、満足げな様子の吉乃が小さく舌を出す。

こういうちょっかいの掛け方は、何年経っても変わらないようだ。

「さーて。マサト君イジりはここらへんにして」

「やっぱりイジってたんだな……」

アイスブレイクという名のサンドバッグが終了し、やっと打ち合わせタイムへ突入する。

「アドキャットに新しい広告をお願いしたいんだけど、いいかな？」

「新しい広告？」

吉乃はファイルから資料を取り出すと、俺たちへ手際《てぎわ》良く渡してくれる。

「来年の春ね。大きなコラボフェアがあるの」

さすがは破竹の勢いのメルピク。来年度の施策もバッチリ用意しているようで、お先真っ暗、目先のことしか考えてない我が社とは大違いである。

「コラボですか！　やったぁ♪」

さすがはメルピク大好きっ子な伊波。既に財布の紐《ひも》を緩める気満々のようで、ホクホク笑顔、ルンルン気分で胸躍らせる姿はミーハーである。

俺はメルピク信者でもミーハーでもないものの、

「へ〜、すげーな。俺でも知ってる名前ばかりだ」

受け取った資料に目を通してみれば、思わず感嘆の声も出る。

学生というよりは社会人をターゲットにしたフェアらしい。知っているどころか、俺でもちょいちょいお世話になってるアパレルブランドさえある。

「す、すごい！　観月《みづき》モニカをモデルに起用するんですね！」

「もにか？」

「マサト先輩、知らないんですか⁉　今を時めくインフルエンサーですよ！」

逆に聞きたいけど、アラサーリーマンの俺が知ってるとでも？

「見て見て！」と、伊波が興奮しつつ指差すページに注目してみる。

そこには、こりゃまた綺麗《きれい》なお姉さんの写真が。

ハーフかクォーターか。日本人離れした凜《りん》とした瞳が特徴的で、見ている者の心を摑《つか》んで離さない。透き通るくらい色白な肌には、真っ赤なルージュがよく似合っている。

インフルエンサー＝彼女

そんなイメージが瞬《また》く間《ま》に出来上がるくらい華やかな女性だと思った。

「えーと、何々……」

そのままプロフィールを読み上げていく。

観月モニカ。ニューヨーク市にて出生した帰国子女。高校時代、スカウトマンから猛アプローチされた結果、本格的に読者モデルとしてデビュー。翌年の新人モデルGPでは異例の3冠を獲得し、瞬く間にトップモデルの仲間入りを果たす。

「――ドラマ出演を機に、女優やタレントとしてテレビ出演の露出も増え、知名度をさらに確立。『2022年、抱かれたいお姉さんランキング』にて堂々の1位……。インスタグラムのフォロワー数は三十万人超え。最近、開設されたＹｏｕＴｕｂｅチャンネルでは、開設数日で登録者数十万人を突破するなど――……ふぅ」

たっぷり書かれ過ぎて息が続かん。

「まぁアレだな。ざっくり言っちまえば、勝ち組のスゲー姉ちゃんってことだな」

「ですすっ。スゲー姉ちゃんなんです！」

「オウム返しすんじゃねえ」

俺も歳《とし》だよなぁ。フォロワー数三十万人とか登録者数十万人と言われてもチンプンカンプン。東京ドーム○個分の喩《たと》えくらいしっくりこない。

「戦闘力53万です」くらい言ってくれたら、伊波くらい興奮していたかもしれん。

「そうなの！　スゲー姉ちゃんなの！」

「吉乃⁉」

前言撤回。年齢のせいじゃない。

吉乃がエキサイティング。童心に返ったかのように瞳をキラつかせ、身を乗り出して俺へと急接近してくる。「JKですか？」というくらい弾《はじ》ける笑顔が目と鼻の先に。

忘れていた……。コイツも根っからのミーハーだった……！

「我が社始まって以来の一大プロジェクト！　今を時めくモニカさんの力を借りることで、さらなる飛躍を目指す所存です！」

「そ、そうなんだな……。あの、吉乃？　顔が近いから――、」

「本っっっ〜〜当に大変だったんだよ。振り向いてもらえるように何回も何回もプレゼンしたり、先方の条件に合うように上司や役員に直談判《じかだんぱん》したり、コラボ企業とモニカさんの意向をマッチさせた限定商品を来る日も来る日も試行錯誤したり……！」

「そ、そうか。お前も苦労してるんだな……。それはさておき、谷間見えてるから少し離れ――」

「絶対に成功させたいの！　アドキャットにも力を貸してほしいの！　魅力溢《あふ》れる広告を作ってもらいたいの！　ご協力よろしくお願いします！」

「……おおう。微力ながら尽力させていただきます……」

ダメだコイツ。人の話を聞いちゃくれねえ。

谷間ガン見したろかい。

そんなエロスな気持ちが伝わったのだろうか。吉乃が自分の席へと、ようやく腰かけてくれる。

安堵《あんど》8割、残念2割の感情を抱いていると、

「コチラをご覧くださいっ」

「？？？」

吉乃は左隣の椅子に置いていた紙袋を持ち上げる。

そして、その紙袋をテーブル中央でひっくり返す。

「はぁん⁉」「うわぁ〜♪」

そんなもん、釘付《くぎづ》けになるに決まってる。声がひっくり返るに決まってる。

ブラ・ブラ・ブラ。

ショーツ・パンツ・おパンティ。

色とりどり、バリエーション豊かなランジェリーの数々がコンニチワ⁉

「よ、吉乃さん！　これがコラボした新作ですか⁉」

「せいか〜い♪　どれも可愛《かわい》いでしょ〜♪」

もっと見て見てと、吉乃が一点一点丁寧にテーブルへと広げていく。

大胆にざっくり胸元が開いたブラや、頼りない細リボンが両サイドに付いたTバック、総レースがモザイクの役割を果たしている透け透けガーターベルト、ナイトパレードに誘う気満々なネグリジェなどなど。

可愛いというより——、

（エロし！！！）

「下着に興奮するとか中学生かよ」と思われるかもしれない。しかし、こうも沢山の下着に囲まれてしまえば、悶々《もんもん》とした気持ちが生じるのは致し方ない。独身舐《な》めんな。

「アホ吉乃《よしの》！　男の俺がいるのに下着並べんじゃねえ！」

「え〜。下着の一枚や二枚、気にしなくてもいいでしょ」

「十枚や二十枚あるから気になってんだろが！」

ランジェリー専門店に勤めすぎて倫理観が麻痺《まひ》しているのか。はたまた、俺のことをオネエとでも思っているのか。

新卒小娘もぶっ壊れている。

「ちなみにちなみに。マサト先輩はどのブラやショーツが一番気になってるんです？」

「は⁉」

「選んだ下着は絶対購入します！　今後の参考にもなるので、是非ご教示いただければと！」

「今後の参考ってなんだよ⁉　ご教示するわけねーだろ！」

「マ、マサト君っ。私も知りたい！　一社員として、一人の女として是非！」

「〜〜〜〜⁉」

アイスブレイクが終わったと思いきや、まさかのハートブレイク時間《タイム》へ突入。

右隣の伊波《いなみ》、目前の吉乃が俺へと詰め寄ると、各々《おのおの》がブラジャーを手に取り、

「この下半分がシースルーのブラなんてどうですか？　見えそうで見えない攻め具合がド

キドキしちゃうかなと！」

「ウェディングドレスをイメージしたブラなんてどうかな？　ラッセルレースの刺繍《ししゅう》が色気と可愛さを両立してるよね！」

「コッチなんてどうです？　それともアッチ？」と伊波が提案してきたり、

「コレも素敵だよね～♪　それともアレかな？」と吉乃が提案してきたり。

当てているつもりはないのだろう。けれど、手に持ったランジェリーを自身の乳前《ちちまえ》でアピールされ続ければ、下着姿の二人を思わず想像してしまう。

ブラもショーツもシースルー、際《きわ》どく透けた下着を身に着けた伊波。

純白ドレスよりも扇情的、ハネムーン行き確定な下着を身に着けた吉乃。

総評。大変刺激的すぎます。

「～～～っ！　つ、次の商談まで押してるから！　今日はコレくらいで失礼する！」

「あ！　逃げました！」「こら！　逃げるな～！」

手早く机に散らばった資料をまとめ、カップに半分以上入った紅茶を一気飲み。

リラックス効果たっぷりだった紅茶も、全く通用しなかったのは言うまでもない。

4話：憧れの上司がもっと憧れの上司になるまで

極々当たり前の話だが、誰にだって新人のときがある。

新入生、新社会人、新妻などなど。

たかだか歳の一つ二つしか変わらない部活動の先輩へ必要以上にヘイコラしたり、「若いうちはガムシャラに働け」と大嫌いな上司から終業間際《まぎわ》に仕事を押し付けられたり、旦那のオカンからスリップダメージの如《ごと》くチマチマいびられたり。

そういった理不尽な下積みを経験していくことで、半人前から一人前へと成長していく。

俺だって例外ではない。

勤続5年目、今では腐ったミカン寸前の俺にさえ、初々《ういうい》しい時代があった。

『初々しい』と言えば聞こえは良いだろうが、振り返ってみれば『刺々《とげとげ》しい』や『憎たらしい』という表現のほうが、しっくりくる気がする。

要するに生意気だったのだ。

学生気分が抜けておらず、悪い意味で効率厨《ちゅう》で、社会人になる＝ゲームオーバーとさえ本気で考えていたくらいに。

かまって新卒ちゃんもとい、困った新卒くん。

そんなクソガキ仕様な俺が、明確に変わったのはいつからだろうか。

分かっている。

憧れの上司が、もっと憧れの上司になってからだ。

◆ ◆ ◆

「風間《かざま》君。またコピペしたでしょ？」

「……」

超能力者。──ではない。

じっとり眼《まなこ》で見つめてくるのは、俺直属の教育係、涼森鏡花《すずもりきょうか》さん。

アドキャットに入社して早3ヶ月。慣れというものは恐ろしいもので、仕事の効率化を図ろうとメールの定型文をコピー＆ペーストした結果がこのザマである。

涼森先輩の洞察力がすごいのか。

俺の隠蔽力が弱いのか。

圧倒的に前者だと思う。他の上司が見逃すような細かい不備も、涼森先輩の観察眼に掛かればダウトは必至。

「何この人。俺の事好きなんじゃねーの？」というくらいの注目っぷり。

知ってます。教育係だからですよ。

「あの……。なんで俺がコピペしたって気付いたんですか？」

「Ｇｍａｉｌってさ。文章をそのままコピペしちゃうと、紫色になっちゃうんだよね」

「え」

コチラの質問を想定していたのだろう。涼森先輩はポケットからスマホを取り出すと、そのまま俺へと画面を向ける。

恐る恐る画面を覗《のぞ》いてみれば、

「ほんとだ……」

先方の会社名や氏名、『お世話になっております』で始まる挨拶から、『取り急ぎよろしくお願い致します』で終わる挨拶まで。

「ものの見事にコピペした部分だけ紫色ッスね……」

「そうなの。だからバレバレなんスよ」

怒られているというより、煽《あお》られている。

整った顔立ちをクシャッとさせ、白い歯が見えるくらい堂々と笑顔を作る。

改めて美人だと思う。

同時に、美人って本当に有利だよなぁとも思ってしまう。

「私もコピペするときあるし、定型文を作って作業を効率化するのは悪いことじゃないよ？　けど、慣れないうちから多用するのは、いただけないかな」

「俺も頭では分かってるんです。——けど、やっぱり面倒が勝っちゃうんですよね」

「君ねぇ……。よく教育係の私に、サラッと本音が言えるよね」

「適当に誤魔化すくらいなら、いっそ正直に打ち明けたほうが潔《いさぎよ》いかなと」

「開き直るな。おバカ」

カミングアウトも虚《むな》しく睨《にら》まれてしまえば、コチラとしては愛想笑《あいそわら》いを浮かべることしかできない。

開き直ったり、へへへと笑ったり。

そんな入社したてのクソガキの態度に、涼森先輩は呆《あき》れて物も言えなくなる。

——という事はなく。

「いい？　こういう小さなミスの積み重ねが信頼を失うキッカケになるんだからね？」

「まぁそうですけど……。文字の色が変わるくらい別に——、」

「く・ら・い？」

「ひっ！」

綺麗《きれい》よりも怖さが勝つ。

仏頂面《ぶっちょうづら》になった涼森先輩が、オフィスチェアに座る俺へと急接近。

思わず声も荒らげてしまうし、猫背でだれていた姿勢も反り上がってしまう。なんなら椅子から飛び下りて正座したいまである。

「あのね。色が変わった理由は何？」

「──えっと。コピペしたからです……」

「コピペしようとした理由は何？」

「め、面倒だったからです」

「その『面倒』という言葉が、文字の色にクッキリ反映されてるんじゃないのかな？」

「……仰《おっしゃ》る通りです」

言えるところまで自分で言わせ、言えなくなったところでトドメを刺す。

尋問方法が警察のソレ。

参りましたと頭《こうべ》を垂れれば、涼森先輩はキュッと引き締まったウエストに手を当てつつ嘆息する。

「そういう軽い気持ちが残ってる間は、ＢＣＣを外す許可はあげられないかな」

ＢＣＣ。略さず言えば、ブラインド・カーボン・コピー。

Ｇｍａｉｌなどの電子メールについた機能の一つで、複数人にメールを送る際、ＢＣＣに追加したアドレスは、他の受信者には非公開となり表示されなくなる。

用途は様々ある。一斉にメールを送りたいけど受信者同士にはアドレスを知られたくない場合や、返信不要なもののメッセージだけは確認してほしい場合など。

新人ペーペーな俺の用途は後者にあたる。取引先に失礼なメッセージを送っていないかを確認してもらうため、涼森先輩をＢＣＣに入れているのだ。

それすなわち、ＢＣＣを使用している間はずっと執行猶予中。

——といえば、少々大袈裟《おおげさ》だが、脱走癖があり家でもリードを付けて飼われているアホ犬といったところか。

入社して３ヶ月。そろそろ信用してほしいものである。

実際、やらかしまくってるから何も言えねぇけども。

「さーせん……。先輩からの信頼を勝ち取るまでは、しっかりＢＣＣ入れさせていただきます」

「分かればよろしい。今回は先方にメッセージ送っちゃったから仕方ないけど、次からは気を付けようね」

「うす」

「次同じミスしたら、『また』私の隣でしばらく仕事してもらおうかな」

「そ、それだけは！」

少し前のことを思い出せば、そりゃ顔も赤くなる。

入社して間もない頃、凡ミスを連発した俺は、「呼ぶより早いから」という理由で涼森先輩の真隣でデスクワークを余儀なくされたことがある。

両隣が空席でないことから、涼森先輩のデスクを半分シェアする形で。

一見すると、元人気モデルのお姉さんと肘と肘が当たるくらいの距離で仕事できるのは胸アツなのかもしれない。パソコンと睨めっこしつつ、右頬をプックリ膨らます仕草を見られるのは眼福なのかもしれない。居眠りしそうになったとき、「眠たいの？」と有無も言わさずフリスクを口の中へと突っ込まれるのは羨ましい展開なのかもしれない。

そうなんです。最高なんです。

だからこそ、心臓が持たないんです。

煩悩《ぼんのう》と戦いながらの仕事は、通常時よりカロリーを消費するのはお察しの通り。

挙句の果てには、「俺らのアイドルとイチャイチャしやがって……！」と、他のオッサン上司からの羨望《せんぼう》と殺意の眼差《まなざ》しは、俺のSAN値をゴリゴリ削っていくのだ。

向かいの席で話を聞いていた因幡《いなば》がニヤニヤ。

「やったじゃん風間。わざとミスすれば、また涼森先輩とイチャイチャ仕事できるね～」

「～～っ！　うるせーぞ因幡！　好き好んでイチャイチャしてるわけじゃねーから！」

「あの、風間君……？　私も好き好んでイチャイチャした覚えはないんだけど……」

的確なツッコミすぎて辛《つら》い。

同期に笑われたり、先輩に呆れられたり。

己のちっぽけさを再確認していると、デスク上の電話からコール音が鳴り始める。

「ほらほら。電話に出るのも新人君の仕事だよ」

「新人ちゃんな因幡の仕事でもあるのでは？」と思うものの、社畜が板に付いてきただけに、条件反射で受話器を取ってしまう。

「お電話ありがとうございます。アドキャットエージェンシーの風間です」

『あ。風間さん？　どもども。LIFEリサイタルの松山《まつやま》でーす』

間延びした男性の声は聞き覚えアリ。目の前にいないながら、これまた反射的に「どもです」と会釈《えしゃく》してしまう。

松山さん。LIFEリサイタルというネットショップでWEBプログラマーをしており、今俺が担当している取引相手である。

もう少し補足すれば、前の担当者は涼森先輩。

『悪いんだけどさ。涼森さんに代わってもらえる？』

「え。涼森先ぱ――、涼森にですか？」

『そそ。次の打ち合わせで聞いておきたいことがあってさー』

プライドは低いほうだと思う。

とはいえ、さすがの俺でもモヤっとした。

今も涼森先輩は打ち合わせに同行してくれているものの、既に引き継ぎは完了している。

電話に出たのは新しい担当の俺。――にも拘《かか》わらず、前任者である涼森先輩に代わってくれと極々平然と言う。

ちょっとデリカシーない人だと思ってしまうものの、ずぼらで面倒くさがり屋な俺もどっこいどっこい。

こういうところなんだろうな。涼森先輩の言う『信頼される』重要さが表れるのって。

「えっと。涼森と代わるので、もう少々――、」

(ダ・メ・で・す)

おおう……。

さすが涼森《すずもり》先輩。今の短いやり取りだけで、電話相手が松山さんと理解したようだ。

胸前で腕を大きく交差させ、×マークで俺へとアピールする。

『新しい担当は君。経験を積むためにも頑張りなさい』といったところか。

ボスの命令は絶対。

「あ～……。すいません。涼森は只今《ただいま》席を外しているようでして」

『そうなの？』

「ですので、ご用件のほうは新しく担当になった俺が――、」

『じゃあ涼森さんに伝えといてくれる？』

「……ほぁ」

涼森先輩大好きかよ……。

「何この人。俺の事嫌いなんじゃねーの？」と思ってしまうレベル。

ノンデリカシーなだけで悪気はないのだろう。松山さんは声のトーンを変えず、つらつらと用件を話し始める。

『てなわけだから。なる早《はや》で涼森さんによろしくねー』

「うす。失礼します」

向こうが通話を切るのを確認してから、コチラも受話器を下ろす。

耳を傾ける必要がなくなった涼森先輩は代わりに首を傾《かし》げ、

「要件は何だったの？」

「なんか、先月の打ち合わせでアドキャットが提案した修正内容をもう一度教えてほしいみたいです」

「えっ。――ということは、あの人、まだ着手してないってこと？」

「みたいスね」

「え～……」

苦笑いしつつ肩をすくめてみせれば、涼森先輩はげんなり肩を落とす。

落ち込むというか呆れる理由も頷《うなず》ける。

次の打ち合わせが今週末にあるというのに、今から作業しようとしているのだから。

サイトの使いやすさ《ユーザビリティ》を向上させるために、トップページのデザイン変更であったり、購入ページの仕様変更であったり、全体的なレイアウト変更であったり。

中には簡単に直せるものもあるが、一日二日では到底終わると思えない修正だってある。

仮に全部簡単に直せるとしても、こんなに締切《しめきり》ギリギリにやることではないし、悪びれる様子もなく修正内容を尋ねてくる時点でOUTだろう。

俺が言うのもアレだが、松山さんはちょっとレベルが違う気がする。

涼森先輩としても同意見らしく、

「あの人って常習犯なんだよね」

「常習犯、ですか？」

「うん。先月どころか、もっと前に提案したものも、やらずじまいで流れるなんてこともザラにあるし」

「マジスか……」

「マジスよ。やらないのがキッカケで、鈴木《すずき》さんが雷落としたこともあるんだから」

鈴木さんとは、ＬＩＦＥリサイタルの会社を立ち上げた人物、いわば社長である。

20代後半にして経営者というだけあり、理知的で非常にアグレッシブ。自ら率先して営業や企画、買い付け交渉なども行う敏腕社長だ。

そんな冷静沈着、切れ者な鈴木さんがキレるとか……。

「……俺、嫌ですよ。違う会社の一回り年上の大人が、年下の社長にブチ切れられてるの見るの……」

「……私だって嫌だよ。静まり返ったオフィスで、社員さんたちのキーボードを叩《たた》く音だけを聞き続けるの……」

俺と先輩は思わず深々と溜《た》め息づいてしまう。

そんな俺らを眺める因幡も激しく同意してくれるのか。

「だよね～」と頷きつつ、

「めちゃ分かる。笑っちゃいけないときほど、何故《なぜ》か笑いって込み上げてくるよねん」

「お前と一緒にすんな！」「そういう意味じゃありません！」

ケラケラ笑う因幡は感性がズレてるというか、俺らを茶化したいだけというか。

考えるべきは、イタズラ小娘よりノンデリ取引相手。

「とにかく風間《かざま》君。このままじゃ、松山さんのミスなのに私たちまで巻き込まれちゃうかもだから、打てる手はしっかり打っとこっか」

「了解というか賛成です」

とばっちりで雷に被弾したくはない。

メールを立ち上げ、作成ボタンをクリックする。

「松山さんに提案内容をリスト化して送っときゃいいですよね」

「うん、メールで大正解です。電話だと『伝えた』って履歴が残らないからね」

「じゃあ、今すぐ送っちゃいますね。ＢＣＣに涼森先輩も追加しときます」

「あ。それともう一つだけ」

「はい？」

キョトンとする俺に対し、涼森先輩が『もう一つ』なる内容を話してくれる。

さすれば、「あぁ成程な」と思わず感心の声が漏れる。

※　※　※

ＬＩＦＥリサイタルとの打ち合わせの日。

まだまだオムツの取れない俺は、本日も涼森先輩に同行してもらいつつ先方の会社へと足を運んでいた。

相変わらずオシャレなオフィスだ。海外家具を専門に扱うネットショップを運営する会社なだけに、名は体を表すというか。

ウッド調のデスクや本棚、柔らかい光を発する球体型の照明、「ＭＡＤＥ　ｉｎどこやねん」とツッコミたくなる観葉植物などなど。

毎回思うけど、何故オシャンティな会社はＡｐｐｌｅ製品が多いのだろう。

俺の中古ノーパソと交換してくれませんかね。

そんなアホ丸出しな気持ちを秘めつつ、銀色ハイスペックＰＣをぼんやり眺めていると、

（さーせん……）

よそ見厳禁と言わんばかり。隣に座っている涼森先輩が、テーブル下から俺の脇腹を軽

く突いてくる。

反省を表明すべく、改めて視線を前へと戻す。

要するに、気まずい現実を受け入れる。

「──おい。なんだコレは……？」

先方の社長、激おこぷんぷん丸。

理知的なメガネのレンズがひび割れてしまいそうな。短くも怒気を含んだ言葉は一瞬でオフィスを底冷えさせるような。殺意の波動に目覚めているというか。

総評。超怖いんですけど……。

鈴木社長の怒りの矛先は勿論《もちろん》──、

「いやぁ……。ははは……」

同席するノンデリカシーなオッサン、松山さんである。

俺と涼森先輩の心配が見事的中。メールで修正箇所をリストで送ったにも拘わらず、全くと言っていいほどに修正されておらず。

乾いた笑いで茶を濁せるわけもない。鈴木社長は人差し指からデスビームでも出すんかという勢いで、PCモニターに映し出されたお粗末な成果物を指差す。

「松山《まつやま》ぁ！　全く修正できてねぇじゃねーか！　この1ヶ月間、お前は一体何してたんだ⁉」

「いやぁ～……。自分としては、一応直したつもりではあったんですけどね……」

「一応？　つもり？」

「えっ⁉　ち、ちちち違いますって！　今のは言葉の綾《あや》――、」

「～～～～っ！　綾じゃなくて本心だろ！　いちいち言い訳並べんじゃねえ！」

「は、はひ……！」

ブチ切れる20代後半の経営者と、ビビりまくりなアラフォー社員という地獄絵図。

つい先日、同じような発言をして、同じように怒られただけに耳と心が痛い。

あれだよな。松山さんって、20年後の俺なのかもしれないよなぁ……。

俺がのび太とすれば、涼森先輩はドラえもん。ポンコツな俺を真っ当な人間にすべく、未来からやってきてくれたに違いない。

（風間君。ぼんやりしてないで、よく目に焼き付けておきなさい）

分かったよ、涼《すず》えもん。

「で、ですが社長！　風間さんにも責任があると思うんです！」

「……………。はい⁉」

未来の俺が何か言うとる？

否《いな》……！

ノンデリカシーなオッサンが俺に罪をなすりつけようとしてる⁉

「いやいやいや！　松山さん！　何で俺にも責任あるんスか⁉」

「君が送ってきた修正リストは簡易的すぎる！　分かりづらい！　修正する立場になって考えてくれよ！」

「お、おおう……」

「新卒だし、ある程度目は瞑《つぶ》ってたよ？　けどこれ以上の負担は無理！　チェンジを要求する！　涼森さんに戻すなり優秀な社員さんに変えてくれ！」

このオッサンやべぇ。

どんだけビッチョビチョな濡《ぬ》れ衣《ぎぬ》着せてくんだよ……。

俺『にも』と言いつつ、俺『だけ』が悪いような物言い。挙句の果てには、トカゲの尻尾切りばりに俺のことを処分しようと捲《まく》し立てる。

人の本性は窮地の時ほど出るとは、よく言ったものだ。

そして、つくづく思う。

備えあれば患《うれ》いなしと。

「松山さん」

「はい？」

「ご自身を棚に上げるの、いい加減止《や》めませんか？」

俺を庇《かば》ってくれるのは涼森《すずもり》先輩。

「風間が送った修正リストですが、私もBCCに入っているので確認しました。端的に要点を絞っていて、とても分かりやすかったと思います」

「なっ――！」

いきなりの後方射撃、うっすら怒りさえ透ける涼森先輩の態度に、松山さんだけでなく俺でさえ驚いてしまう。

非を認める気ゼロ。「はぁぁ⁉」と松山さんは声を荒らげる。

「おおおかしいだろ！　非はアドキャット側にあるに決まってる！」

「鈴木さん、風間が送った修正リストは、分かりづらかったでしょうか？」

その言葉の弾丸は、息の根を止めるには十分すぎる。

「いいや。先月の打ち合わせの内容が頭に入っているのなら、直《す》ぐ理解できるくらい簡潔で分かりやすかったよ」

繰り返す。備えあれば患いなし。

松山さんからの巻き込まれ事故を未然に防ぐべく、鈴木社長にも証拠として残るよう、BCCに追加しておいたのだ。

さすがはキャリアウーマンな涼森先輩。咄嗟《とっさ》の判断がお見事すぎる。

さすがはノンデリカシーな松山さん。自社の経営者《トップ》からも信頼されていないようで、BCCが入って送られてきたことを教えられていなかったようだ。

「は、ははは……。社長にも送られてたのか……」

もはや、推理ドラマで言い逃れできないほど追い詰められた犯人。

自首などもはや許されるレベルではない。

「松山ぁ……！」

「は、はひ……」

再び真っ赤になった社長が、真っ青なオッサンへ降り注がせる。

怒りの雷を。

※　※　※

打ち合わせというか、公開処刑を特等席で見せられた帰り道。

「ほんっっっ〜と！　あの人って失礼だよね！」

思い出すだけで、むかっ腹が立つようだ。普段はおっとり柔和《にゅうわ》なお姉さんも、閑散としたオフィス通りを歩きつつ、包み隠さず怒りや不満を吐き続ける。

「まぁまぁ……。松山さんのノンデリは、今に始まった話ではないですから。そんなにカッカしなくても」

「カッカもコッコもしますよ！　私の可愛《かわい》い後輩をイジメるんだよ？　万死に値します！」

イジメを否定するためなら殺しもアリのような物言い。どっちが非人道的なのか分かったもんじゃない。

けれど、

「？？？　風間君、何ニヤついてるのさ」

涼森先輩に口角が上がっていることがバレてしまう。

「すいません。嬉《うれ》しくてついつい」

「嬉しい？」

「だって俺のために戦ってくれたり、怒ってくれるんですから。新卒冥利《みょうり》に尽きるって話ですよ」

　ニヤつきからドヤ顔へ。そんな俺の表情は予想外だったのか。あれだけ怒りを滲《にじ》ませていたはずの涼森先輩はポカン、と小さく口を開く。

　そして、数秒後には笑顔になる。

「ふふっ！　新卒冥利って何？　そんな言葉、初めて聞いたんだけど！」

　心からツボに入ってくれ、指を唇に押し当てつつクスクスと笑い続ける。

　夕陽《ゆうひ》を背景に笑う涼森先輩はいつも以上に綺麗《きれい》で、いつも以上に絵になる人だと思った。

　何よりも、もっと頑張ろうと思った。

「さぁ風間《かざま》君。今日は飲みに行くためにも、早く会社戻って仕事終わらせちゃおっか」

「了解です。パパッと終わらせます」

「手を抜いちゃダメだからね？」

「……うす」

「あははっ♪」

　いつか自分にも可愛い後輩ができるときが来るのだろう。

そのときは、涼森先輩を見習って大事に育てていこう。

5話：わたしを飲みに連れてって

アドバイスだってしたし、専用の資料だって作った。

大切な取引相手だ。成功だって願っていた。

——けど、

「な～～はっはっ！　どうだカザマ！　わたしは天才だろう！」

この腹の底から湧き起こる気持ちはなんだろう。

「ハイハイ、スゴイスゴイ」

「でしょでしょ！　もっとわたしを褒めて！　もっとわたしを持ち上げて！」

「ヨッ、天才ビショージョ、天才ブロガー。精神年齢ヲ逆行スル、圧倒的スキル」

「えへへ～♪　カザマは正直者だなぁ♪　方条《ほうじょう》工務店の跡取りにしてやろうか？　わたしと結婚して幸せにしてやろうか？　さぁ！　誓いのキスをして一緒にハネムーンへ
——、」

「だぁぁぁ〜〜〜！　ちょっとブログが伸びてるからって調子乗んじゃねぇ！」

あぁ……。方条工務店のブログ炎上しねぇかな……。

取引先の方条工務店にて、心からの叫びをお届け。

怒りの矛先は勿論《もちろん》、方条桜子《さくらこ》。

今日も今日とて「本当に成人迎えてますか？」と職質したくなるような小《ち》っこい見た目。

気持ち程度に羽織った作業着が妙ちくりんさに拍車を掛けている。ソファの上で小躍りする野郎をヘッドショットで撃ち落としたくなる。

打ち合わせ中に何をそんなにワースカ叫んでいるかというと、ついこの前から始めた方条工務店のブログについて。

方条工務店を日本一にしたいという方条の想《おも》いを尊重するため、ちゃらんぽらんな方条にも社会人の自覚を持たせるため。サイトリニューアルのタイミングで増やした新コンテンツである。

人生そんなに甘くない。ぶっちゃければ、『スタートしたばかり。最低限、ブログの形を覚えてくれればそれで良い』と思っていた。

繰り返す。思っていた。

コイツのブログ、エグいくらい読まれてやがる……。

『今日はランクマ最終日！　プレデター目指すぞ〜！』とか、『エナドリの新しい味！これは箱買い！』とか、『取引相手の兄ちゃん、ゲーム弱りんこｗｗｗ』とかとか。

リアル中学生日記かよ、と言いたくなるくらい内容皆無なブログなのに、一日のＰＶ数が1万を超えることもザラにある。

コイツの人生、イージーモードすぎんだろ……！

方条は俺が差し入れで持ってきたイチゴ大福をモグモグ頬張りつつ、

「アレだよな〜。スプラのショート動画が何個かバズったのが大きいよな〜」

「竹武器で30キルした動画とか、危険度ＭＡＸを一人回線落ちでクリアした動画とかな。Ｔｗｉｔｔｅｒ——、じゃなくてＸと連携したおかげで、そっちからの流入がとんでもない数なんだよなぁ」

ゲームの凄腕《すごうで》スキルも然《さ》ることながら、もう一点。

何なら、人気コンテンツに押し上げる要因はコッチが大きいだろう。

方条自身。これに尽きる。

時たま、方条は写真をアップするときがあるのだが、そのときに無防備な生足であったり、ディスプレイに反射したロリフェイスであったりを気にせず晒《さら》しているのだ。

結果、その投稿を見た大きなお友達が熱狂的な信者に。

一部の信者からは、『2・5次元の美少女』『リアルVTuber』『実況者《ストリーマー》デビューハヨ』などとコメントやDMが来ているほど。

微分積分の計算も怪しいコイツのことだから、何も考えずやっているのだろう。そのネットリテラシーの薄さが人気を博す理由になっているのだろう。

『お前が美少女だから人気なんだよ』なんて言ったら、有頂天になるから死んでも言わんけども。

それに、手放しで喜んでいいわけでもない。

「アホ笑いしてるとこ悪いけどな」

「ほえ？」

「このままだと、ブログ続けてる意味ってかなり薄いぞ」

「どして？」

口周りを大福の粉まみれにしてる方条に言ってやる。

「工務店の利用目当てで見てるユーザーがほぼほぼいないからだよ」

「…………。なん……だと……!?」

「やっぱり気付いてなかったか……」

大富豪から大貧民に急暴落した的な？

さすが方条。感情の起伏がジェットコースターのような奴《やつ》で分かりやすくアワアワし始める。

「なんで⁉　ぺーじびゅー数って多ければ多い程いいんじゃないの⁉」

「PV数は確かに多いに越したことはない。けど、お前のブログって解析ツール《アナリティクス》見ると99%がゲームやお前目当てで見てる利用者なんだよ」

方条が自分の顔やちっぱいをペタペタ。

「マジか……。わたしの溢《あふ》れ出る魅力のせいで、そんなことに……！」

「お前のそういうポジティブなところ、スゲーと思うわ……」

「えへへ～♪　褒めるなよ～♪」

「どんだけポジティブなんだよ！」

感情の起伏が激しいというか、もはや情緒不安定というか。このモンスターチャイルドの頭の中はどうなっているのだろうか。

気にはなるものの、お花畑な脳を拝見するくらいなら、一通でも多くのメールをチェックしたいのは言わずもがな。

「まぁなんだ。ちょっとずつでいいから、工務店を純粋に探している客に刺さるようなブログを書いていこうぜ」

「……うんうん。ウジウジ悩んでても何も始まらないもんね」

「いつお前がウジウジしたよ」とツッコむのはナンセンス。

「よ～し！　ナンバー1ブログクイーンを目指して、わたし頑張るよ！」

本人がヤル気を継続させているのだ。本来の趣旨と多少外れていようと、それはそれで良いではないか。

面倒だからとかではない。ケッシテ。

方条ルームの掛け時計を見れば、18時を少しすぎたところ。

「さて、と……。区切りも良いし、今日の打ち合わせはこんなもんにするか」

「おっつー♪　お疲れさんでしたー！」

本日の仕事は終わりのようだ。方条は恥ずかしがる様子もなく、小さなヘソが見えるくらい大きく伸びをし、プライベートタイム開始を告げる。

「それじゃあカザマ！　帰ったらまた一緒にゲームしよーね！」

「あ～、悪《わり》ぃ。今日は帰るの遅くなるから無理かも」

「え～～！」

フレッシュな笑顔は何処《どこ》へやら。方条の表情が分かりやすく膨《ふく》れっ面《つら》になる。

「また残業～？　お前、どんだけ残業好きなんだよ」

「好きで残業しとらんわ！　てか！　今日は残業じゃねえ！　飲みだ飲み！」

「？？？　飲み？」

「おう。会社の奴らと飲みに行くんだよ」

方条は取引相手なわけだし、本来であれば接待ゴルフのように接待ゲームを優先するのが正解だろう。

けれど、方条との関係はフラット。こうやって気軽に断ったり、断られたりできる関係なのが心地好《よ》かったりする。

「てなわけだ。悪いけど、ゲームはまた明日──、」

「誰と飲むん？」

「え」

どうしたことか。あっさりタイプの方条がいつになく食い付いてきた？

「伊波《いなみ》と因幡《いなば》、あと俺の先輩の三人だな」

「飲みという名の合コン？」

「社員同士でするわけねーだろ……。そもそも先輩は女性だっての」

「そのハーレムに加えろ」

「は……？」

半歩近づいてきた方条は、至極真っ当な表情で言うのだ。

「わたしも飲みに連れてって！」

「…………」

見た目は子供、中身も子供の野郎がなんか言うとる……。

「また今度、コメダ珈琲《コーヒー》にでも連れてってやるから。な？」

「ちが～う！　居酒屋に行ってみたいの！　わたしに居酒屋デビューを経験させて！」

そんな社会見学みたいに言われましても。

このクソガキは、どんだけ居酒屋に憧れているのだろうか。

「わたしだけ留守番はズルいズルいズルい～～！」

「うおう⁉　いきなり背中に飛びつくな！　子泣きじじいかお前は！」

俺へとしがみついた方条が耳元でギャースカワースカ。

「ビール飲んでみたい！　あん肝食べながら、くはぁぁぁ～～！　って言ってみたい！　五臓六腑《ごぞうろっぷ》に染《し》み込ませたい！　たらふく飲んで、気付いたらゴミステーションで朝を迎えるのやってみたい！」

「お前の夢、絶対間違ってるからな⁉」

繰り返す。方条との関係はフラット。

よくも悪くも……。

女子会に不純物が混じってる的な？

※　※　※

「「「かんぱ～～～い♪」」」

「うす。乾杯」

ハーレムよりアウェーを強く感じてしまうのは、俺が小心者だからに違いない。

残業《ロスタイム》を終えた俺たちは、予約しておいた居酒屋へとやってきていた。

炉端焼きを売りにしている海鮮居酒屋で、テーブル中央に設置された囲炉裏を使って客自ら注文した食材や料理をじゃんじゃん焼いていくスタイル。

毎度通って焼き続けるのは面倒だが、たまに来て調理するくらいなら結構楽しかったりする。そんな店である。

まずは一杯目。メンバー全員が我らが栄養ドリンク、生ビールで喉を潤していく。

エントリーナンバー1。甘えん坊な後輩、伊波渚《なぎさ》。

「ぷはぁぁ～～♪　この一杯があるから、明日も頑張れちゃうんですよね～♪」

フレッシュさとオッサン感のコラボが素晴らしい。

エントリーナンバー2。イタズラ大好きな同期、因幡深広《みひろ》。

「くぅぅぅ〜〜。今日あった嫌なこと忘れられるわぁ。――ま、今日は平常運転だったけど〜♪」

愛嬌《あいきょう》ある薄口コメントには、辛口ビールがよく似合っている。

エントリーナンバー3。我らが頼れる先輩、涼森鏡花《すずもりきょうか》。

「う〜〜ん♪　身体《からだ》に悪いのってなんでこんなに美味《おい》しいだろ？　ついグビグビいっちゃうよね〜♪」

無限に注ぐので、どうぞグビグビいっちゃってください。

エントリーナンバー4。元気一杯な取引相手、方条桜子《ほうじょうさくらこ》。

「アハハハハ！　ビール、にっが〜〜！　皆、よくこんなもん飲めるな！」

何ワロとんねん。全国のビール生産者にボコられたらいいのに。

「お前……。連れてけって散々せがんだくせに、飲んだ感想がそれかよ」

「いーのいーの！　こういうのは楽しんだもん勝ちだから！」

心から楽しんでいるのが丸分かり。方条は口に泡ヒゲを引っ提げ、ニシシと白い歯が見えるくらいの笑顔を見せる。

伊波や因幡としても分かりみが深いようで、

「すっごく分かります！　居酒屋に初めて来たときのワクワク感って堪《たま》らないですよね！」

「ワタシもテンション上がったの覚えてるわ～。女子会で使う小洒落《こじゃれ》た店じゃなくて、いかにも趣たっぷりな『THE・居酒屋！』って感じが良いのよねん」

「お～！　さすがナギサとミヒロ姉！　分かってる～♪」

「「いえ～い♪」」と三人がキャイノキャイノ。元から知り合い同士の奴らなだけに、フレンドリーというか、もはや身内同士というか。

今日が初顔合わせな涼森先輩は完全にアウェー。

ということはなく、

「桜子ちゃん。カルピスサワーなんてどう？　甘いから飲めるんじゃないかな？」

さすが大人なお姉さん。近所のクソガキの対応も何のその。隣に座る方条へとお品書きを開きつつ、軽めのアルコールドリンクを勧めてくれる。

「じゃあ、それにする！　ありがとー、キョーカ姉♪」

「キョ、キョーカ姉……⁉」

「うん！　キョーカの姉御だからキョーカ姉！」

友達の友達は友達的な。パーソナルスペースという概念がない方条にとって、涼森先輩はもはや親しき仲のようだ。

そんなフレンドリーな方条へ、涼森先輩は真顔で語りかける。

「――ねぇ、桜子ちゃん」

「ん～？　どったの？」

「その……。ギュッとしてもいい？」

コテン、と方条は首を傾《かし》げつつ、素直に両手を広げる。

ミッキーネズミやドナルドアヒル的な？

「ああ……。お人形さんみたいでカワイイ……♪」

俺の知ってる大人のお姉さんは何処《いずこ》へ。まるで童心に返ったかのように、それはそれは愛おし気に、涼森先輩は方条を優しく抱きしめ続ける。

あ～。思い出した。涼森先輩の部屋も可愛《かわい》いぬいぐるみが沢山飾られてたな。

方条もそのコレクションたちに匹敵するくらいの存在ってことか。

方条よ。シンプルに羨ましいぞコンチクショウ。

「も～。仕方ないなぁ、マサト先輩は」

「あん？　何がだよ」

もう一人の問題児、伊波がヤンヤンと身体をくねらせつつ、

「そんなに抱きしめる相手が欲しいなら、思う存分に私を――、」

「あ。店員さん。仙介《せんすけ》の超辛口と、カルピスサワーのサワー抜きをお願いします」

「じゃあ抱き着かせてください！」「サワーもプリーズ！」

何が恐ろしいって、まだ素面《しらふ》の状態でこのテンションなことだろう。


改めて言おう。たまに来て調理する時間が楽しいと。

ハマグリ、サザエ、ホタテなど。店内の活気賑《にぎ》わう喧噪《けんそう》をBGMに、真っ赤な黒炭に熱せられた大きな貝たちが、鉄網上で食欲をそそり続ける。

殻の中には旨味《うまみ》たっぷりのエキスがブクブクと溜《た》まっていき、磯《いそ》を感じる香りが日本酒を傾けるスピードを速めていく。

最後のひと手間。甘口醤油《しょうゆ》を二滴、三滴と垂らし、主役を引き立たせることに成功。

もう少し焼いたほうが良いのかもしれない。

けれど、もう我慢できない。

いただきます！　サザエさん！

「風間《かざま》のいただきっ」

「あ！　泥棒すんなよ！」

泥棒の名を因幡。「サザエはワタシとマスオのもの♪」と、大切に育てていた我が子を手早く回収し、それはそれは美味しそうに食べやがる。

「はふっ、はふっ。あ～、熱々で最高だわ～♪」

「この野郎……。食べ物の恨みは恐ろしいぞ……?」

「そんな怒りなさんな。NTR《ネトラレ》ジャンル、どーせ好きでしょ?」

「す、好きじゃねぇ――、～～～っ! くたばれセクハラ親父《おやじ》!」

因幡へ吠《ほ》えていると、俺の皿にコソコソ小細工するクソガキ発見。

「方条! ねぎまのネギも食え! そもそも、人の皿に入れるんじゃねえ!」

「ギブ&テイク! というわけで、カザマの日本酒飲ませて!」

見た目同様、方条はアルコールへの免疫力に乏しいようだ。サワー二杯でそこそこ出来上がっており、保護者としてこれ以上の飲酒を許すわけにはいかない。

「顔真っ赤だし、もう飲むな。飲むならソフトドリンクにしとけ」

「い～や～! もっと飲みたい! 我、アルコール欲《ほっ》す!」

「消毒用アルコール、口にブッ込んだろか……!」

「だってナギサもたっぷり飲んでるじゃん! 人類皆平等に扱え～!」

プンスカする方条が指差す先には、アルコールモンスターこと伊波が。

俺らの話を聞いていたから？　伊波は、お猪口《ちょこ》をクイッと傾けてスッカラカンに。

そのまま、『きゃは☆』とわざとらしく茶目っ気たっぷりに舌を出す。

「伊波は例外《ワイッ》だ。肝臓の造りが人とは異なるから」

「ひっど～～い！　化け物扱いするマサト先輩には、ガオ～～～！！」

「はぁぁあああん⁉」

アルコールモンスターが飛びついてきた⁉

「だ、だから！　何でお前はいきなり抱き着いてくんだよ！」

「抱き着かせていただきますっ」

「申請したら、いいってもんでもねぇから！　助けて涼森先輩！　コイツら人として終わってます！」

いつだって頼れる存在はお姉さん。

レモンサワーのジョッキグラスをゴトン、と置いた涼森先輩は、凜《りん》とした姿勢で力強く言ってくれる。

「風間君っ！　私にもホタテを分けてください！」

「聞いちゃくれねえ！　どうぞ召し上がってください！」

何この学級崩壊クラス。

俺が教師だったら不登校一直線だぞ、コノヤロウ。

※　※　※

ドンチャン騒ぎも終わり、駅目指して大通りを帰る道中。

アドキャットのメンバーだけであれば、会社への愚痴話ばかりだったかもしれない。

けれど、マスコット的存在の方条がいてくれたおかげで、話題は比較的明るいものが多かった気がせんでもない。

連れてきて正解だったのかもな。

「ナハハハハ！　カザマ号はっし――――ん！」

クソガキに変わりはないけど。

子泣きじじいリターンズ。すっかり酔いが回った方条が俺へと負ぶさってくる。

人のことを人型機動兵器《モビルスーツ》とでも勘違いしているのか。両肩をグワングワン揺らしてきたり、全体重を左右に傾けて方向転換しようとしてきたり。

「ええい！　人の髪を引っ張るな！」

「？？？　ハゲるから？」

お望みどおり、ゴミステーションで気絶させたろか。

「いいないいな！　桜子ちゃん、次は私の番！」と伊波《いなみ》が俺の周りをファンネルのようにぐるぐる回っているし、俺は本格的に機動戦士《ガンダム》っぽい。

「ふふっ♪　風間君と桜子ちゃんは本当の兄妹《きょうだい》みたいよね」

良かった。涼森先輩には俺のことがしっかり人間に見えているようだ。

「いやいや。こんな手の掛かる妹は絶対いりませんから」

「そーだよ、キョーカ姉。こんな手足の掛かる弟はいらない」

「ゴミ収集車、通らねえかな」

「大好きお兄ちゃん！」

「冗談だからいい加減離れろって！」

絶対に捨てられて堪るものかと、方条は腕どころか足までガッツリ俺へと絡《から》みついてくる。文字通り、手足掛かってんじゃねーか。

「にしし♪」

「あん？　何がおかしいんだよ」

「いやー。カザマと一緒にいるのはやっぱり楽しいなって！」

よくも悪くも建前が言えない奴《やつ》だ。本心で言ってくれているのだろう。

「カザマとだったら結婚していいくらい好き～～♪」

いきなりの爆弾発言。そりゃ、俺以外の同僚三人も声を上げる。

「だってさ。夜遅くまで一緒にゲームしてくれるし、わたしや会社のために本気で頑張ってくれるんだよ？　超良い奴じゃん」

「超良い奴じゃんって……。当の本人にストレートすぎ——、」

「だから好き～～♪」

人の言葉も聞かず、方条《ほうじょう》が背後からさらに高密着。

方条にだって控えめながら胸がある。押し潰れるくらい背中に柔らかい感触が当たれば、背筋が否応《いやおう》にも伸びてしまう。

恋愛感情というより、信頼してくれている。その表現が正しいのだろう。

酔っぱらっているし、昨今のエネルギッシュな若者の考えていることは理解不能。

それでも——、

「てなわけで、引き続きわたしの面倒をしっかり見るように！」

妹でも嫁でもなく、ビジネスパートナー。

身を乗り出し、惜しげない笑顔を向けてくる方条の期待に応えたい。心からそう思う。

「おう。お前が諦めない限りはしっかり面倒見るよ」

「目指せ！　方条工務店の株式じょーじょー！」

方条が夜空高く人差し指を突き上げる。そんなハイテンションな相棒を目《ま》の当たりにすれば、駅に着くまでは、このまま背負っといてやろうと思えてしまう。

「じ～～～」

「伊波？」

いつの間に？　足を止めた伊波が、ジト目で俺を睨《にら》んでいる。

圧がスゴい……。

「なんだよ」

「そうやって、色んな女性を『ホ』の字にしていくんだなぁと」

「あのな。人を女たらしみたいに言うなよ……」

「みたいじゃなくて、たらしそのものと言っているんですっ！　ナチュラルだから質《たち》が悪いんですっ！」

伊波がご立腹すれば、ニヤニヤしつつ因幡《いなば》が顔を近づけてくる。

「人畜無害っぽいところが、風間のモテる秘訣《ひけつ》なのかね～」

「冷静に分析すんな。そもそも！　俺はちゃんと無害だろ！」

「ほほ～う？　無害の奴が、ロッカールームで二人きりになって興奮――、」

「〜〜〜っ！　エグいところだけピックアップするなぁ！」

　ご想像にお任せできない。「マサト先輩と深広《みひろ》先輩が、プリクラ機だけでなくロッカールームでも……!?」と、勝手に鬼畜プレイを想像する伊波は、もはや混乱状態《メダパニ》。

「鏡花《きょうか》先輩はマサト先輩にやらしいことされましたか!?」

「え、私!?」

　挙句の果てには、キャリアウーマンなお姉さんへと事情聴取し始める。

　飲み屋街の賑やかな明かりに照らされた涼森《すずもり》先輩が、忙《せわ》しなく手指をいじったり、視線を泳がせたり。

　チラリと俺を一度見ると、観念するかのように呟《つぶや》く。

「私はその……。されたというか、しちゃったというか……」

「あわわわわ……！」「涼森先輩!?」

　まさかの爆弾発言。とはいえ、されちゃった経験が大いにアリ。

　今年の夏、ノーパソを修理するために先輩宅へお邪魔し、抱き着かれたときのことを言っているに違いない。

『君は可愛《かわい》い後輩だなぁ〜♪』と……！！

　馬鹿正直なお姉さん、自爆でアワアワ。

「違うの渚《なぎさ》ちゃん！　可愛さ余って愛くるしさ百倍というか！　風間君がベタ褒めしてくれてたから、勢い余ってといいますか……！」

「ほほう。勢い余って風間《かざま》に身体《からだ》を委ねたと」

「委ねてません！」「因幡は黙ってろ！」

同期が大爆笑したり、先輩が蒸発しそうだったり、後輩が退廃していたり。

三者三様、それどころか、テンパる俺含めて多種多様。

未《いま》だに俺へと負ぶさる方条が、そんな俺らを眺めつつ、

「いいなぁ。同世代でワイワイできて。わたしも皆の会社に入りたい！」

「「「絶対止《や》めたほうが良い」」」

さすがはアドキャットのメンバー。こういうときだけ揃《そろ》いが良い。

6話：かまって新卒ちゃんの恩返し

休日の土曜日、自室にて。

「よし、と……。最低限は片付いたかな」

テーブル上に置きっぱなしのビール缶を撤去したり、散らかった雑誌や未開封のアマゾン箱などをクローゼットにぶち込んだり、カーペットや座布団《ざぶとん》をファブったり。

いかに自分が掃除をサボっていたか丸分かり。換気すべくガラス戸を開けば、昼の陽光に照らされたホコリたちが、キラキラと浄化されるように室内から室外へと消えていく。

「ま。何もしないよりはマシだろ」と開き直っていると、チャイムが鳴る。

「来たか……」

重々しい足取りで玄関へと足を運ぶ。

そのままドアを開けば、

「どーもー♪　押しかけ女房《にょうぼう》で〜す♪」

休日でもフレッシュさ顕在。明るく元気一杯に挨拶する伊波が目の前に現れる。

真新しさを覚えるのは、私服姿を初めて見たからだろう。

フェミニンコーデという言葉がピッタリ。オーバーサイズのストライプシャツに、ざっくりニットベスト。寒空を意識した真っ黒タイツやブーツが華奢《きゃしゃ》な足をさらに引き立てる。

当たり前に可愛いと思うし、普段とは違う服装を見られて眼福とも思う。

とはいえ、来た理由が理由なだけに、素直に喜べない。

「本当に来たんだな……」

「当たり前ですっ。私、有言は実行するタイプですっ！」

だよな。教育係だから、お前の行動力はよく分かってるわ。

「本日は私のことをハウスメイドとして扱っていただければと！」

「ハウスメイドなぁ」

「メイドをご所望しないなら、やっぱり新妻設定にします？　彼女設定にします？」

「ご飯にする？　お風呂《ふろ》にする？　みたいに言うなよ……」

「それとも、な・ぎ・さ――」

「〜〜〜っ！　恥ずかしいから、早く中入れ！」

「芸人かお前は」

か細い腕を引っ張れば、「強引なんだから～♪」と未だに伊波《いなみ》は悪ふざけ。

引っ張らずにドアを施錠《せじょう》するのが正解だったのかもしれん。

◆　◆　◆

何故《なぜ》、こんな怒濤《どとう》の展開になったかというと、

「恩返しを決行します」

「……は？」

先日の昼飯時。休憩スペースでコンビニ弁当を食べていると、同席する伊波がいつにな
く神妙な面持ちで話しかけてくる。

恩返しを決行？

——恩返しって、そんなデスゲーム感覚の強制イベントじゃねーだろ……。

「ちなみに何の恩返しだ？」

「以前、火照《ほて》った私の身体を拭いてくれた恩返しです」

「ブッ……！」

爆弾発言ブチ込まれれば、飲んでいたカップみそ汁も暴発する。

「～～～っ！　アホか！　せめて、看病の恩返しと言え！」

「身体を拭いてくれたり、プリンをあ～んしてくれたり、私が寝付くまで手を握ってくれたり。一括《ひとくく》りにしちゃえば意味は同じですっ」

「同じなら具体的に言うなよ……」

「とにかく！　私はマサト先輩に恩返しがしたいんです！」

何この恩返しに飢えた野獣。

大真面目ではあるらしい。箸は手作り弁当の上、両手はしっかり膝の上に置き、対面する俺を前かがみで見つめ続けている。食事していた俺でさえ、箸を進めるのを躊躇《ためら》ってしまうくらいだ。

「その、なんだ……。いいって別に」

多少というか、だいぶムズがゆい。

「自分の後輩がピンチだったら手を伸ばすのが普通だろ。こんなもんは無償でいいんだよ」

野獣であろうと年下であろうと。

律儀《りちぎ》に恩返ししたいと言ってくれる奴《やつ》には本音を打ち明けたい。

きっと想《おも》いは伝わってくれる。

「だからさ、恩返しは――」

「フェアじゃないです」

「あ？」

まさかの君に届かない。

頬をパンパンに膨らました伊波は言うのだ。

「私だってマサト先輩のお家《うち》行きたい！　お家デートを満喫したいんです！」

「え～……」

何コイツ。大真面目のベクトルが、四次元トンネル突き抜けとる……。

「おい伊波。『恩を仇《あだ》で返す』ってことわざを知ってるか？」

「かくいうマサト先輩は、『鶴の恩返し』って童話をご存じです？」

「アレだろ。一番最初に絶対覗《のぞ》くなってフリを確立させた話だよな」

「それはダチョウ！　ボケで逃げようとしないでください！」

懐《なつ》かしい。俺がガキの頃、幼稚園の先生に「人間に変身できるなら、なんで罠《わな》にかかったとき変身しなかったの？」と聞いて困らせたもんだ。

親父《おやじ》に同じこと聞いたら、「そのときはＭＰが足りなかったから」と言われて、成程と納得したもんだ。

「よくよく考えたら、とんでもない親父だよなぁ」としょうもない思い出を振り返りつつ、豚の生姜《しょうが》焼きを頰張ろうとする。

――のだが、

「なっ⁉」

伊波が俺の生姜焼きをパクリ。

「ドロボー！　人の肉食うな！」

「～～～♪」

育ちが悪いのか、はたまた良いのか。もぐもぐと小リスの如《ごと》く口を動かし、伊波はしっかり咀嚼《そしゃく》する。

食べ終わった伊波は、右手を天井高く突き上げつつ、

「というわけで！　次の休日は、マサト先輩へ恩返しさせていただきます！」

「結局、俺に拒否権はないんだな……」

「題して、ナギサ秋の恩返しまつり～～♪」

どこのパンまつりなのだろう。

この後輩は、人の休日を何だと思っているのか。

とはいえ、休日に何の予定も入っていない俺なだけに、強く反発することができない。

悲しき社畜である。

◆◆◆

というのが、先日の話。

伊波といい、方条《ほうじょう》といい。何故、小娘どもは、こんなにも聞き分けが悪いのだろう。

俺が押したらひっくり返ると思ってるに違いない。

実際、ひっくり返り散らかしてるけども。

人の家を未開のジャングルとでも思っているのか。リビングへ足を踏み入れた伊波は、間取りやら家財やらを物珍しそうにチェックする。

「ふむふむっ。ここがマサト先輩のお部屋ですか」

「独身リーマンの部屋なんて、何の面白みもないだろ」

「とんでもない！　私としては笑いの宝庫ですよ」

備え付けの家具だったり、ニトリで買ったテーブルやソファだったり。自分で言うのもアレだけど、かなり中央値のド庶民だと思う。

部屋を見渡して爆笑できるならいくらでも見渡してもらって構わない。

俺もいい歳《とし》した大人だ。ベッドの下にエロ本など隠さない。ＰＣのパスワードさえ知られなければ何の問題もない。

「マサト先輩」

「うん？」

「私、分かっちゃいますよ」

「分かる？　分かるって何が――、⁉」

心臓がキュッと締め付けられる。

伊波が指差す先。そこには、デスクトップ型のパソコンが。

ま、まさか……？

「溜《た》まってますね？」

「⁉」

心臓にガツンと衝撃が走る。

完全に疑われてますやん……。

冷や汗ダラダラ。じっとり眼《まなこ》の伊波を目前に、頭の中が高速回転。

女性は野郎共に胸を見られているのが丸分かりな現象的な？　エロ本はベッドの下に隠さなければ問題ナシ。その既成概念が、貞操観念と一緒に緩んでしまった的な？

ここ最近は社畜を全うしていたし、履歴は直《す》ぐには出てこないだろう。

とはいえ、新人であろうと、伊波もネットを扱う職業の人間。ちょちょいと履歴を調べられれば、何かしらのアレは出てきてしまう可能性大。

パソコンのパスワードを教えなければ調査はできないだろうが、『教えない＝黒確定』と言っているようなもんだ。

（行くも地獄《へんたい》、戻るも地獄《へんたい》……！）

「ちょっと失礼します」

「伊波⁉」

まさかの強行突破。確認するが早しと、伊波がパソコン目掛けて歩き始める。

一歩、二歩、三歩。ついには手の届く範囲に。

そのまま手を掛ける。

電源ボタン。――ではなく、ディスプレイに。

「ほら！　ちゃんと掃除しないとダメじゃないですか！」

「……へ？」

「こんなにホコリが溜まってます。掃除不足ですっ」

伊波が人差し指を俺へと向ける。指の腹には、黒く汚れたホコリがたっぷり。

「部屋の汚れは心の汚れです！　清々《すがすが》しい生活を送るためにも小まめに掃除しましょう！」

新卒女子ではない。ハウスメイドだ。テーブル下、窓のサッシ、部屋隅など。「ココも！　ほらココも！」と、ごまかし程度に掃除したことが一瞬で見抜かれる。

肩透かしというか、一安心というか。

「ははは……」

「笑いごとじゃありませんよ！　ですが、私が来たからにはもう安心！　不肖、伊波渚《なぎさ》、マサト先輩のお部屋を隅々まで綺麗《きれい》にさせていただきます！」

敬礼してくる伊波はヤル気満々。どうやら、部屋を見渡していたのは、爆笑するためだけでなく、掃除するためのウエイトが大きかったようだ。

「良かった。俺は生き抜いた……！」と密《ひそ》かに胸を撫《な》で下ろしていると、

「マサト先輩、安心してください」

「あ？」

伊波は少し照れ気味。しかし、至極真面目な表情で囁《ささや》いてくる。

「ベッドの下だけは掃除しませんから。いくら宝の山とはいえ、マサト先輩のプライバシーまで物色――、」

「エロ本隠してねーわ！」

この野郎……。プライバシーもデリカシーもあったもんじゃねえ……！

※　※　※
ハウスメイドと意気込むだけある。

エプロンを装着した伊波《いなみ》は、掃除の鬼と化す。

リビングでは、

「掃除機をかけた後は、しっかり雑巾で水拭き&乾拭《からぶ》きしちゃいます。布製品にはリンスを水で薄めた即席スプレーをシュシュッと♪　静電気を防ぐことができるので、ホコリが付きづらくなります！」

キッチンでは、

「ヌルヌルな排水口には、お酢と重曹を使いましょう。するとあら不思議！　長年溜まった汚れがブクブクと泡と一緒にコンニチワ！　30分ほど放置したらお湯で流してサヨウナラ！　出会いあれば別れありですっ」

玄関では、

「靴箱は定期的に換気してカビ対策したり、毎日頑張る革靴もケアしてあげたり。玄関は行ってきますとおかえりなさいのチューをする大切な場所です！　念入りに掃除しましょう♪」

　持参してくれていた雑巾やらメラミンスポンジ、小袋に入った白い粉（本人いわく洗剤や重曹）などの掃除グッズを駆使して、部屋のありとあらゆる場所やモノをピッカピカのキラッキラに。

「ほあ～。伊波って、マジで一家に一台だよなぁ」

「その言葉、プロポーズと受け取ってもよろしいでしょうか」

「よろしいわけねーだろ」

「ちぇ～」と言いつつ笑みを絶やさないあたり、やはり掃除大好きっ子。

　他愛ないやり取りをしていると、洗濯機から脱水完了を知らせる電子音が聞こえてくる。

「お布団《ふとん》干すのお願いしてもいいですか？　私はお風呂《ふろ》掃除に取り掛かりますので」

「おう。てか、風呂まで掃除しなくても大丈夫だぞ」

「いえいえ。私がしたいだけですので」

　生粋の掃除好き。

　だけではない。

「普段お世話になりっぱなしですし、こういうときくらい頼ってくださいよ」

「伊波……」

「今日は恩返しの日なんですから。ドーンっとお任せあれです！」

しっかりリスペクトしてくれているからこその感謝還元。

先輩冥利《みょうり》に尽きるし、ここで頼らないのは逆に伊波に失礼な気がした。

「おう。じゃあ頼むわ」

「はい！　頼まれました♪」

ニコやかに敬礼してくるあたり、つくづくできた後輩だなと思う。

ベランダに出て、物干し竿《ざお》へと布団を掛ける。脱水をかけたとはいえ、まだまだ水気を含んでおり、この作業ばかりは俺のほうが適している。

大きく伸びをしつつ深呼吸を一回、二回。澄んだ青空をぼんやり眺めつつ思う。

伊波が来る前にしたのは『掃除』ではなく、『もどき』だったのだなぁと。

証拠隠蔽とか、その場しのぎとか。そんな言葉がピッタリ。

「さて、と。茶でも淹《い》れるか」

休憩がてら、温かい飲み物でも用意してやろう。

ケトルで二杯分の湯を沸かし、以前、お中元で貰《もら》った紅茶セットを開封する。

普段はインスタントコーヒーばかりだし、こんなときくらいは少し良いものを飲もうではないか。

「えっと何々……？　『ダージリン・ザ・セカンドフラッシュ』『イングランド・ブレックファスト』『フローラル・ストロベリー』……。うん、全部分からん」

何このホグワーツの上級魔法みたいな茶葉たち。

今日は恩返しの日。こういうときも、新卒女子に頼るべきところ。

紅茶缶片手に伊波のいる場所へ。

洗面台へと入り、そのまま浴室の扉を開く。

「伊波～。お前はどの茶葉が飲みたい――、」

開いた瞬間、俺は思い出してしまう。

恩返しに来た人物の扉は、絶対に開けてはならないことを……。

「へ？　マサト、先輩？」

目前には変身を解いた鶴がいる。わけではない。

伊波は伊波。

――なのだが、

「何でそんな格好!?」

シャツ一枚、パンツ一枚の伊波がコンニチワ。

ニットベストも黒タイツも行方不明。シャツの裾をキュッとしたウエストで結んでおり、常夏《とこなつ》のビーチ感満載。

しかし、当たり前に穿《は》いているのは水着ではない。小さなお尻に食い込んでいるのは紛《まご》うことなきTバック。

Tバックを穿く伊波と、茶《ティー》バッグを握り締める俺……。

「〜〜〜っ！　濡《ぬ》れちゃうから脱いでたんだもん！　早く閉めてください！」

「ごごごごめん！」

可及的速やかに扉を閉め、大きく後ずさって高速謝罪。

シャァァァ、というシャワーの音が止まると、扉を少し開けた伊波が顔だけ出す。

その表情は羞恥に満ち溢《あふ》れている。

「うぅ〜！　マサト先輩のエッチ……。まだ見せるつもりなかったのに……！」

「まだって何だよ！」

半透明の扉がモザイク状になっているだけに、伊波のシルエットがエロいの何の。

7話：過去があるから今がある

掃除後、俺と伊波は近所のスーパーで夕飯の買い出しへ。

こんだけ掃除で世話になったのだ。チェーンじゃない焼き肉屋でも回らない寿司《すし》屋でも行こうと提案したものの、

「私の恩返しは、まだまだこれからです！」

打ち切りバトル漫画のようなセリフを告げられ、結局は俺ん家《ち》で夕飯を食べることに。

そして、言葉通りの展開。

ピカピカになった我が家のテーブルには、食欲をそそり続ける料理の数々が多数ラインナップされる。

メインは天ぷら。黄金《こがね》色の衣を纏《まと》った食材たちは、どれも美味《うま》そうな事この上なし。

大きなエビはしっかりと下処理されており、背筋は真《ま》っ直《す》ぐ伸び、尾はしっかりと開ききっている。飾り切りされたナスは華やかに見えるだけでなく、サクサクと小気味よい音

を出すくらいカラッとした仕上がり。

舞茸《まいたけ》、みょうが、オクラ、かきあげ、レンコンのはさみ揚げなどなど。

自宅でこんなに美味い料理を食べたのはいつぶりだろう。

思い出せるわけがない。

だって食ったことねーし。

「マサト先輩、お味はいかがでしょうか？」

「うん、無限に食えるわ。すげー美味い」

「えへへ♪　じゃんじゃん揚げるので、じゃんじゃん食べちゃってください」

さらに上機嫌になった伊波が、「先輩のためならエンヤコラ♪　それ、エンヤコラ♪」と珍妙なオリジナルソングを口ずさみつつ、キッチンで揚げ物と格闘し続ける。

伊波の後ろ姿を眺めつつ思う。「嫁さんがいればこんな感じなのかなぁ」と。

嫁というより彼女だろうか。１ＤＫの我が家、手狭なキッチンだけに同棲《どうせい》感のが強い気がするし。

「悪いな。俺だけ先に食べちまって」

「いえいえ。『冷めないうちにどうぞ』と言ったのは私ですから」

伊波は、まるで指揮棒でも振るように菜箸をゆっくり動かしながら、

「いつものお昼みたいに、一緒に食べるのも好きですよ？　けど、こうやって『美味《おい》しい』って言ってもらいながら料理するのも嬉《うれ》しいし、幸せなものなんです」

「あ～。確かに料理好きな人って、振舞うのも好きな印象あるかもなぁ」

「言っときますけど、誰も彼もにホイホイ振舞うような安い女じゃないですからね？」

毎回思うけど、反応に困る言葉は控えてほしいもんだ。

あからさまな俺の無反応が面白いのか。伊波はクスクスと肩を揺らす。

「やっぱり、相手との関係次第ですよね」

「相手との関係？」

「料理にせよ何にせよ。『何かしてあげたい』って気持ちは、特別な人にしか生まれませんから」

伊波が俺に家事全般してくれるように、俺が伊波に仕事を教えるように。

「苦手な人だったら、『なんで貴方《あなた》のために～！』ってなっちゃいますもん」

確かに言う通りだ。良好な関係を築けているからこそ、ギブ&テイクしてくれる。

特別な存在だからこそ、見返りなしで手を差し伸べたくなる。

「なので、マサト先輩に尽くせる今がすごい幸せってわけです」

「……っ。──お、おう」

新たな天ぷらを持ってきてくれた伊波《いなみ》に、極々自然に言われる。

実際、自然体なのだろう。俺に向けてくれる表情には、嘘《うそ》や世辞の類は一切見えないのだから。

座布団《ざぶとん》へと腰を下ろした伊波も、調理タイムから食事タイムへ。

「ん〜〜♪　サクサクでアツアツ♪　舞茸の天ぷらって何でこんな美味しいんでしょうね〜」

「分かるわ。舞茸の味噌汁《みそしる》も好きだけど、『一番は？』って聞かれると俺も天ぷらだな」

「これで1パック98円とか反則ですよね。コスパ良すぎて、『採算度外視なのでは……？』って心配になっちゃうくらいですもん」

「「うんうん」」と二人して舞茸に舌鼓《したつづみ》を打ち続ける。

舌鼓で思い出す。

「あ、そうだ。小鼓《こつづみ》飲もうぜ」

本日の相棒、日本酒の小鼓。

買い出しの際に、ふらっと酒屋に寄って入手したものだ。

本日は特に無礼講。テーブル上に置かれた四合サイズの日本酒瓶を開封し、伊波のグラス、俺のグラスへとなみなみに注ぐ。

「乾杯」「かんぱ～い♪」

一滴も無駄にするわけにはいかないと、慎重にグラスへと口を付ければ、

「わぁ～。上品……！」

「だろ？　俺が日本酒を好きになったキッカケの酒なんだ」

学生の頃は日本酒の知識ゼロ。たまにチェーン居酒屋の安酒を頼む程度だった。

それ故、上司が連れていってくれた料亭で飲んだ小鼓の美味さは、今でも鮮明に覚えている。日本酒沼にドップリ浸《つ》かった瞬間である。

伊波も気に入ってくれたようで、

「すごい綺麗《きれい》なお酒ですね！　口に含むと華やかに広がって、飲み込んだ後はスッ……、と静かに消えていって。食中酒にはピッタリだなぁ♪」

一口、もう一口と良い飲みっぷり。

さらにはスマホを取り出し、「メモメモ……」と味などの感想を入力し始める。

「えっと……、透明感抜群で穏やかな味わいは和食にピッタリ。主張しすぎないあたり、まるで主人の後を一歩引いて歩く控えめな妻のようで――」

表現は相変わらず独特なものの、料理を引き立てる日本酒という点は激しく同意したい。

でも、やっぱり嬉しいよな。自分が気に入っているモノを好きと言ってくれるのは。

濃いめのつゆが掛かった天ぷらと、炊き立ての白飯をかき込んだり。

点《つ》けっぱなしのテレビを無視して、他愛のない話に熱中してしまったり。

「私、日本酒を扱う会社とお仕事してみたいです！　酒造さんとか酒蔵さんとか」

「おっ、いいな。酒造組合とかあるし、ワンチャン、アポイント取ってもいいかもな」

「契約後、順調な成果を上げ続けられた暁には、『マサト』って銘柄を出させてもらいましょう！」

「なんで俺の名前……？　そこは自分の名前で出せよ」

「ちちち。既に『渚《なぎさ》』って名前の日本酒は発売されてるんですよ」

「ほら、見て見て」と、伊波がスマホ画面を向けてくれれば、そこには『渚 大吟醸』と印字された格式高そうな日本酒が。

「へー。本当に売ってるんだな。てか、普通に美味そうだし」

「ですです♪　私以外にもですね、鏡花《きょうか》先輩や深広《みひろ》先輩の名前のもあるんですよ」

「お前は何調べてんだか。——で、二人の銘柄の名前は？」

「その名も、『鏡花 GOLD』と『因幡を愛しすぎて伝説の酒米を復活させてしまったうさぎ』ですっ」

「ブハッ！　因幡の銘柄、インパクトありすぎだろ！　ハハハハハ！　ありすぎて、逆にアイツっぽいし！」

『何を食べるかではなく、誰と食べるか』とよく言われる。

けれど、美味い料理、気の置けない奴《やつ》の最強セットが揃《そろ》えば、これほどに贅沢《ぜいたく》な食事はない。

二人してツボに入っているときだった。

ふと、テレビから流れるＣＭに無意識に反応してしまう。

カッコ良く言えば、職業病。

ダサく言えば、羨望《せんぼう》。

広告代理店に勤めているだけに、ついつい真新しいＣＭなんかは確認したくなる。

「すげぇ豪華だな。今を時めく女優三人も使ってるとか」

画面いっぱい華やか。リビングに集まった美人三姉妹が、将来や未来についてを家族団らんしつつ明るく語り合う。

真新しさはない。というよりも必要ないのだろう。ドラマや映画でメインを張れるほど知名度抜群の三人を使うだけでインパクト大。

「いいよなぁ、ウチでもドデカい広告作ってみたいよなぁ」

小並な感想を抱いていると、あっという間に広告が最後に差し掛かる。

そのまま、企業名とロゴが大きく映し出される。

『伊波商事』と。

「こういうデカい企業の広告って、製作費どれくらい掛かってんだろ——、……ん？」

どうしたことか。伊波の表情が心なしか硬くなっていた。

違和感は少しだけ。しかし、あれほど伸びやかに笑っていただけに、その変化は如実《にょじつ》に表れている。

硬い理由は、苗字《みょうじ》と会社名が被《かぶ》っているから？

俺が小坊みたいに、からかうと思っているから？

それとも——、

「伊波商事って、伊波の親族が経営してるのか？」

核心を突かれたように、観念するかのように。

伊波は茶碗《ちゃわん》と箸をテーブルに置くと、静かに呟《つぶや》く。

「……ですね。父の会社です」

「マ、マジか……！」

もしかしたらとは思った。

けれど、ほんの数%くらいのレベルで聞いたつもりだった。

それほどに圧倒的なのだ。伊波商事の規模は。

「大手中の大手じゃねーか。毎年、『入りたい企業』『高収入な企業』『ホワイトな企業』なんかのランキングで常連の会社だし」

「あはは……。詳しいですね」

「詳しいですねって。ネットニュース見てたら嫌でも目に入る情報だろ」

言えない。残業終わりの電車内で、知る必要もない社会人ランキングをついついスマホでチェックしてしまうなんて。

とにもかくにも、とんでもない会社なのだ。

俺が生まれるよりも前から日本有数の商社であり、今現在の社長、つまりは伊波の父親が経営の指揮を執るようになってから、日本どころかアジア有数の企業にまで発展を遂げたモンスターっぷり。カンブリアやガイア、ビジネス雑誌なんかで特集やらインタビューされているのも珍しいことではない。

「はぁ～。箱入り娘だとは思ってたけど、まさか社長令嬢だったとはなぁ」

言葉遣いがかなり丁寧だったり、コンビニに高校終わりまで行ったことなかったり。

涼森《すずもり》先輩が一世を風靡《ふうび》した人気読モだったのもビビったけど、それと同じくらい、むしろそれ以上に衝撃度は高い気がする。

「まさかお前。家の庭にプールあったり、家政婦がいたとか言わねぇよな？」

伊波は口を尖《とが》らせつつ答える。

「プールなんかあっても全然使いませんよ」

「あん⁉　ってことは、お前ん家《ち》、マジでプールあんのかよ！　羨ましいってレベルじゃねぇぞ！」

「いえいえ！　維持費が掛かるだけで、レジャープール行くほうが絶対楽しいです！　邪魔なだけです！」

「ちなみに、家政婦はいたのか？」

「それはその……。――い、一応は」

あ……。この感じ、一応じゃなくて常駐でいたパターンの奴だ……。

なんだろうなぁ、このやるせない気持ちは。

親のスネ、ガンかじりのセレブタレントみたいに、「え～！　プールとか家政婦って皆さんの家には付いてないんですか～！」と言ってくれれば、気持ち良く中指を立てられたというのに。

自分の家庭と一般家庭が月とスッポンなのに気付いていて、恥じらいや気まずさをしっかり顔に出す。おまけに、リンスを水で薄めた即席スプレー使ったり、舞茸《まいたけ》の正規レートを知っている庶民さも併せ持ってるとか。

本当によくできた後輩だなコンチクショウ。

「そんなに良いものじゃないですよ」

俺の嫉妬と憂いに満ちた視線に対し、伊波は静かに告げる。

「確かに世間一般よりは裕福だったと思います。けど、父は家族らしいことをしてくれる人ではなかったので」

決して謙遜には見えなかった。

無理に笑う表情には、『諦め』という気持ちが帯びている気がした。

「伊波という苗字は母方のものなんです」

「へぇ。ということは、父親は婿養子なんだな」

センシティブな話題になるかもと、思わず姿勢を正してしまう。

「母との婚約後は別会社から引き抜きのような形で入社して、朝から晩まで働き詰めの日々を送っていたらしいです。ワーカーホリックというやつですね」

ワーカーホリック。直訳すると、仕事中毒。

自身の健康や趣味よりも仕事を最優先に行動し、常に働いていないと気が済まない、常に作業していないと落ち着かない人のことを指す。

経営者やアーティストなど。注目されることの多い人ほどワーカーホリックになりやすいと聞いたことがある。

将来を約束されて入社しただけに、周囲からのプレッシャーや反感も凄《すご》かったのだろう。

だからこそ、ホワイト企業に属しているにも拘《かか》わらず、ブラック企業のような働き方をし続けていたのだろう。

「遊んでもらえなかったり、学校行事に参加してもらえなかったり。寂しくはありましたけど、『忙しいから仕方ない』って線引きはできていました」

伊波《いなみ》は大きく肩を落としつつ、

「けど、親の敷いたレール『しか』進ませてくれないのは、どうしても我慢できませんでした」

スパルタが過ぎる親なのか、毒親なのか。

「考えられます？　『遊んでる暇はない。今は苦労を積むときだ』の一点張りで、一週間全てを習い事で埋められるんですよ？」

「おおう……。今に負けず劣らずの生活を送ってたんだな」

「さらには！　伊波商事の人と結婚させる計画まであったんですからね？　政略結婚なんてとんでもないです！　乙女の青春を何だと思ってるのか！」

「飲まんとやってられん」といったところか。伊波はグラスにたっぷり入っている日本酒を雄々《おお》しくも一気に飲み干す。

「というわけで、アットホームな家庭に比べれば、私の家庭なんて羨ましがる要素０です」

「ふ〜ん……。お前も色々苦労してんだなぁ」

「マサト先輩っ。お酒おかわり！」

「へいへい」

勢い良くグラスを差し出され、日本酒を注いでやれば、ノータイムで口に含む。

空《す》きっ腹に酒が染《し》みるというが、むかっ腹にも酒は染みるようだ。

「ふぅ……。綺麗《きれい》なお酒が、私のささくれ立った心を癒《いや》してくれます……」

「呑兵衛《のんべえ》だからって、あんま飲みすぎんなよな」

俺の注意に対し、伊波は申し訳なさげに頭を下げる。

「すいません。楽しい食事中に水を差すような昔話しちゃって」

「いや。元を正せば、俺のウザ絡《がら》みが原因なわけだし。全然気にしてねーよ」

「あはは。そう言ってくれると助かります」

「それに、」

「別に水を差すような話ってわけでもないだろ」

「？？？」

当時を思い出し、苦そうな表情をしたり、怒りを露《あら》わにしたり。

温かな家庭を築けていなかったのかもしれない。父親と確執があるのかもしれない。

だとしてもだ。

「俺的にはさ。お前のことを知れて良かったと思うよ」

本当に辛《つら》いことならば、ここまで感情をアップダウンさせることはできない。

完全ではないが、一定の折り合いをつけることができたのだろう。

「底抜けに明るいお前を見てたら、今は問題なくやれてることくらい分かるしな」

「マサト先輩……」

顔が赤くなる伊波。酒の力ではない。

今になって自分が恥ずかしいことを言っていることに気付くが、時すでに遅し。

むず痒《がゆ》くなった頬を掻《か》きつつ、

「――まぁなんだ。よっぽど良い友達や知人に恵まれたんだな」

「え？」

「だってそうだろ。自分の性格とか考えって、周りの環境あってこそだし」

軽い気持ちで言ったつもりだった。

「～～っ！　そうなんです！」

「うおう⁉」

立ち上がった伊波が、勢いそのままに急接近してきた⁉

「私、よっぽど良い人に恵まれたんですよ！」

そのまま俺の両手をガッツリ握り締める。爛々《らんらん》と輝く双眸《そうぼう》は、まるで「貴方《あなた》が恩人です」と言っていると錯覚してしまいそう。

「その人のおかげで、私は変わることができたんですっ。しっかり考えて、現状を打破しようと思えるようになったんです！」

「そ、そうなんだな。とりあえず落ち着——」

「不真面目でもいい。お前の人生なんだから、お前の好きなように生きればいいって言ってくれたんです！　その言葉を糧《かて》に、今の今まで頑張ることができてるんです！」

「分かったから！　顔が近——」

「えへへ♪　あの日の出会いを思い出すだけで、ほっぺが緩んでしまいます♪」

可愛《かわい》さ余って、可愛さ百倍。

伊波は惜しげもなく、当時の記憶を思い出してニコニコし続ける。超至近距離なだけに俺はドキドキが止まらない。

「マサト先輩、どうしましょう」

「あ？」

「今、ものすごくマサト先輩にキスしたいです」

「はぁぁん⁉ どんな思考回路してんだよ！」

知らない奴《やつ》の代打で唇を奪われるとか嫌すぎる。「目を覚ませ酔っ払い！」と、グラスではなく、水の入ったタンブラーをキス魔へと押し付ける。

聞き分けは良い。伊波は「ちぇ〜」と言いつつも水を飲んでクールダウン。

そして、自分の席へ戻らず、俺の隣へと腰を完全に下ろす。

おまけに俺へと寄りかかりつつ、

「あ〜あ」

「なんだよ。まだ何かあんのか」

「今夜はですね。マサト先輩のお家《うち》にお泊まりする気満々だったんです」

「とんでもないカミングアウトすんじゃねぇ……」

今になって攻めた下着の伏線回収してくるとか。とんだストーリーテラーに対し、こっちは平静を装《よそお》うので精一杯である。

「ちなみに。どうして泊まる気が失《う》せたんだ？」

「失せたってわけじゃないですけど。そんなに真《ま》っ直《す》ぐな発言ばかりされちゃうと、強引なアプローチはやっぱり良くないって思っちゃいますもん」

ワンナイトを踏み留まってくれて何より。

しかし、俺としては『とある一件』を思い出してしまう。

「……でも伊波」

「はい？」

「俺と伊波って、その……。強引なアプローチっぽいことを既に経験済みの可能性があるん、だよな……？」

「強引なアプローチっぽいこと？」

「お、おう」と返せば、心臓の鼓動も速まるし、顔も熱くなっていく。

南無三！

「アレだって！　少し前に二人して飲みまくった挙句、ラブ――、ホ、ホテルに朝まで泊まったときのことだよ！」

「……。あ～」

意を決した成果はあったらしい。伊波は思い出したように、口を開けて何度も頷《うなず》く。

こちらとしてはド畜生になるか否《いな》か。気が気じゃない。

そんな俺に対し、あっけらかんと言うのだ。

「あの日は何も無かったですよ」

「えっ」

「動揺するマサト先輩が面白かったから。ついつい、からかっちゃっただけです」

「…………」

「てへ☆」

盛大なネタバレをされるが、俺としては目が点にもなる。

まだ安心できない。まだまだ聞きたいことがある。

「あの日の夜、すごく大胆だったって発言の真意は……？」

「はいはい。部屋に入ったと同時にマサト先輩が脱ぎ始めたからです。『ただいま～』って言ってたし、お家と勘違いしちゃったんでしょうね」

「じゃあ、中々寝てくれなくて大変だったというのは……？」

「言葉のまんまです。『夜はまだ長いぞ～！』って、マサト先輩がオンデマンド映画を片っ端から観《み》ようとしてたんです。トップページがエッチくて気まずかったんですよ？」

「俺が所構わず何度も何度も求めてきたってのは……？」

「それはですね。『中間管理職な俺を慰めてくれ～！』って、マサト先輩がことあるごとに愚痴を零《こぼ》し続けていたので、『えらい♪　えらい♪』って頭をイイ子イイ子してあげたり、『えらいでちゅね～♪』って膝枕してあげたりしました」

「～～っ！　最後だけ聞くんじゃなかった……！」

「あのときのマサト先輩、可愛かったなあ♪」

「思い出さんでいいわ！」

まさかの赤ちゃんプレイに赤面必至。

せめてもの救いは、伊波が微笑《ほほえ》ましい表情でいてくれることか。

それはそれで地獄ではあるけれども。

「というわけで、あの日の夜は何も無かったというのがオチです」

「俺としては、有るような無いような……」

「どっちか分からないなら、今夜ハッキリさせちゃってもいいんですよ？」

「何も無かった！　その方向で！」

「ひどーい！」と伊波が頬を膨らまして怒ったフリをするものの、これ以上、罪を重ねるわけにもいかない。

「マサト先輩って、泥酔《でいすい》したらよく記憶飛ばしますよね」

「そんなことないだろ。――って言いたいけど、前科があるだけに何も言い返せん……」

「あはは♪　ささっ。宴《えん》もたけなわですが、もっと盛り上がっていきましょ～♪」

伊波《いなみ》が高々とグラスを持ち上げて乾杯三唱すれば、相方である俺も渋々グラスを持ち上げてしまう。

胸のつかえが取れたからか。料理と酒が一層美味《うま》いのなんの。

※　※　※

部屋は綺麗になり、腹も満たされ。

「どうですか？　ナギサ秋の恩返しまつりは、堪能《たんのう》できましたか？」

「おう。すげー満足できたわ」

「やったぁ♪」

心から顔を綻ばせる伊波を見てしまえば、本当に至れり尽くせりな一日だったんだなと痛感せざるを得ない。

すっかり夜も更《ふ》け、伊波を駅まで送る道中。

伊波は秋という言葉を使ったものの、冬が少しずつ顔を出している。

はっきりと視認はできない。それでも、閑散とした並木道から夜空を見上げれば、澄んだ空気が秋の終わりを知らせてくれる。

「もうそろそろ、冬服引っ張り出さないとなあ」「ですねー。すっかり肌寒くなってきました」などと他愛のない雑談を続けていると、あっという間に駅へと到着する。

――いや。

『到着してしまった』という表現のほうが適切だろう。

「あ。私方面の電車、もうすぐ来るみたいですね」

電光掲示板をチェックし終えた伊波は、カバンから定期入れを取り出す。

「マサト先輩。今日は楽しい一日を本当にありがとうございました」

「おう。気を付けてな」

「こまめに掃除しないと、また私が現れちゃいますからね？」

「妖怪かお前は……」

「あははっ。ではでは、ゆっくりおやすみなさーい♪」

一礼した伊波が改札目指して歩き出す。

そのまま、一歩、二歩、と背中がどんどん遠くなっていく。

「待ってくれ！」

「はい？」

休日を満喫したし、ホテル騒動の真相も聞けた。

にも拘《かか》わらず、新たな気がかりが伊波を呼び止めてしまう。

「マサト先輩、どうかしましたか？」

「えっと、だな……」

我ながらどうしようもない。呼び止めはしたものの、言葉が一向に出てこない。

小首を傾《かし》げる伊波。

んー？　と不思議そうに俺を見守ってくれていたが、しばらくするとイタズラっぽく口角を上げる。

「ははーん。成程、成程」

「え？」

「今更になって、私が帰っちゃうのが寂しいんですね～」

「はぁ⁉　ち、違うわ！」

「私としては、引き返してお泊まりコースも全然ウェルカムですよ？」

「～～～っ！　早く帰れ！」

「や～ん、先輩が怒った～♪」

伊波は逃げるように改札に入っていく。

そのまま、ホームへと続く階段を下りる直前でコチラを振り向き、

「また会社でお会いしましょー！」

「あ、ああ。またな」

電車が来たのだろう。元気いっぱいに手を振ってくれていた伊波は、駆け足で階段を下りていく。

しばらくすれば、伊波と入れ替わるように降りてきた利用客が改札を通り過ぎていく。

「……俺も帰るか」

いつまでも突っ立っていても仕方ない。

食後の一服をすべく、駅に設置された自販機で缶コーヒーを購入する。

少し冷えた指先には熱いスチール缶があつらえ向き。一口飲めば身体《からだ》の内側からじんわりと温めてくれる。

温まりすぎている。

「くそ……。嫉妬とか情けねー……」

家路につきつつ、耳を真っ赤にしつつ、独りごちてしまう。

『伊波の恩人って、どんな人なんだ？』

そんなことを聞いて、一体何の意味があるのだろうか。

友人か教師か。年上の女性、男性だとしても既婚者や年配の人かもしれない。

恋愛対象ではないと思う。

……じゃなければ、俺へ好意を抱いてくれる理由が分からない。

嬉《うれ》しそうに恩人を語ったり、嬉しすぎてキスしたいと言ってきたり。

『お前のことを知れて良かった』と宣《のたま》ったくせに、伊波を笑顔にする人物に悶々《もんもん》とする自分がいる。

アイスにすれば良かったと後悔しつつ、元来た夜道を帰っていく。

やっぱり顔は熱い。

8話：土壇場《どたんば》、それは墓場

仕事終わりの一杯。

社会人にとって、それは何物にも代えられない至福の時間である。

朝から晩まで身体を動かしたり脳をフル回転させたり、上司や取引先の理不尽な要求に引きつった笑いで応じたり。

そんな溜《た》まりに溜まった疲れ&ストレスを生ビールで吹き飛ばすのだ。

渇いた喉へとダイレクトアタック。力強い炭酸が体内を一気に駆け巡り、アルコールと麦の苦みがじんわり染《し》み渡っていく。「明日からも頑張っていこうぜ」と背中を優しく押してくれる。

身体に悪い？

知ってます。飲まなきゃやってられんときがあるんですわ。

こういうもんは理屈じゃない。

――ということもあり、疲弊した社会人はキンキンに冷えた生ビールを欲《ほっ》する。

ブラック企業もホワイト企業も例外なく。

※　※　※

仕事終わりのサラリーマンで賑《にぎ》わう大衆居酒屋にて。

「ぷはぁぁぁ～～♪」

ここにも溜め込む子羊が約一名。

二つ縛りのお下げとテンションはリンクしているのか。高揚すればするほど、ゆるふわな毛先が、みょいんみょいんとホップする。我が社の三姉妹よりアルコール耐性は低いらしく、高揚すればするほど色白な肌が紅葉していく。

吉乃《よしの》、絶好調に泥酔状態。

「ビールおかわりっ。マサト君、店員さんを呼んでください！　一刻も早く！」

「あの……。吉乃？　いくらなんでも、ちょっと飲みすぎだと思うぞ……？」

「〝ちょっと〟とか〝思う〟とか！　ハッキリ言わないなら私飲んじゃうもんね！」

「だから！　かなり飲んでるから、そのへんにしとけって！」

「却下です！　今日はとことん飲むんだもん！」

「今のやり取りの意味……」

俺の忠告も虚《むな》しく、吉乃はジョッキに入った残りのビールを一気に呷《あお》っていく。

やはり無理しているようで、空いてる片手を握り締めて飲む姿が愛らしい。

事の発端、吉乃と急遽《きゅうきょ》飲むことになったのは、昼休憩中に掛かってきた一本の電話がキッカケだった。


「吉乃? いきなり電話なんて珍――、」

『飲みに行きましょう』

「……………あ?」


一方的に日時と店を告げられる。不躾《ぶしつけ》な気持ちは若干あるようで、指定された飲み屋は俺の会社近く。なんなら馴染《なじ》みの店。

――で、仕事を急ぎめで終わらせ、少し遅れて店へ入ってみれば、

「観月《みづき》モニカめ……。許すまじ……!」

さすがはホワイト企業。吉乃はハッピーアワーから飲んでいたようで、既に酔っ払いが出来上がっていた。

恨《うら》み辛《つら》みを言う表情は、全然ハッピーじゃなさそうだけども。

ヤケ酒だけでは物足りないようだ。吉乃は中途半端《ちゅうとはんぱ》に残ってるゴーヤチャンプルーの大皿を回収すると、そのまま箸を進める。

「うう。ゴーヤが苦い……。でもこの苦さが、私の辛さを紛らわせてくれる……」

「ゴーヤにそんな作用ねーわ」

「じゃあマサト君が癒《いや》して！」

ゴーヤの代打とか。

絡《から》み酒？　甘え上戸？　吉乃は両手を大きく広げて「抱き着かせろ〜！」とアピールしてくるのだが、手の位置が上なだけに小動物の威嚇にしか見えない。

口にはチャンプルーの鰹節《かつおぶし》が付いとるし。

「ほら。付いてるぞ」

付いてる箇所はココ、と俺の口を指差して教えてやる。

しかし、吉乃は取ろうとはしない。

「んっ！」

やはり甘え上戸。つん、と唇を突き出して拭いてほしいアピール。

「乱雑にゴシッたろか」という気持ちも芽生えるものの、グロスで艶やかに彩《いろど》られた唇に注目してしまえば、紙ナプキンで優しく拭うことを選んでしまう。

綺麗《きれい》な顔に戻れば、吉乃はダラしなく表情を緩ませ、

「あはは っ。お前は私の彼氏か～」

いちいち可愛《かわい》いんじゃ。

「あ～あ。レンタルマサト君があれば、毎日借りるのになぁ」

「それはもうレンタルじゃないだろ……」

「さぶすくりぷしょん？」

定額サービスを口にされましても。

もはやサブスクというより、それは紐男《ひも》。利用してくれているというより、利用されている駄目女だろうに。

吉乃は小柄な身体を活《い》かし、するりとテーブルをくぐって俺の隣へとすり寄ってくる。

駄目女でもないらしい。

「マサトく～ん♪　ク～ン♪」

「はぁん⁉　く、くっつくな！　犬かお前は！」

「ワンちゃんで～す♪」

吉乃犬降臨。華奢《きゃしゃ》な肩や腕、きめ細かい頬など。俺の身体へこれでもかとスリスリとマ

ーキングしてきやがる。

俺のことを飼い主とでも思ってるのか。「ねぇ。吸って、吸って！」と猫吸いもとい吉乃吸いを提案されてしまえば、倫理観が麻痺《まひ》しそうになる。

（あ、甘え上戸がすごい……！）

凄《すご》すぎて思わず想像してしまう。

バニーガールではなく、ドッグガール。犬の耳&尻尾を付けた吉乃が従順にも俺へ懐《なつ》いている姿を。「お手」や「伏せ」などの命令はなんでもござれ。

もちろん、ちょっと過激な命令も……？

「〜〜〜っ！　ハウス！」

これ以上、脳内を花畑にしてたまるかと渾身《こんしん》の命令をすれば、吉乃犬は「照れてる〜♪」とクスクス笑いつつ、俺隣の席へと深く腰掛ける。駄犬である。

「はぁ〜。楽しいなぁ♪」

「人をからかって楽しむなよな……」

クスクス笑う吉乃をクールダウンさせるべく、氷のたっぷり入ったピッチャーを持ち上げ、空になったグラスへとなみなみ注いでやる。

羽目を外しまくってる自覚はあるらしい。吉乃は受け取ったグラスを一口、二口と傾けていく。

「落ち着いたか？」

「う〜ん。そこそこかなぁ〜」

そんな、そこそこな吉乃に再び尋ねざるを得ない。

「で、インフルエンサーへの恨みは多少晴れたか？」

「…………うん」

「そっか。全然晴れてないんだな」

「だってさ〜〜〜！」

テーブルに突っ伏し、足をバタつかせる吉乃。その光景は『土砂降り』や『地団太を踏む』という言葉がピッタリ。

吉乃が悔しがったり、一向に満足できない理由。

「メルピク始まって以来の一大コラボイベントだったんだよ⁉ なのに、撮影直前になってキャンセルってあり得なくない⁉」

メルピクが来春に開催するコラボフェアの目玉モデル、観月モニカがドタキャンしてしまったんだとか。

一度帯びた熱は簡単には冷めないようで、うがぁぁ〜！ と吉乃は威嚇するかのよう

に吠《ほ》える吠える。やはり小動物の威嚇にしか見えん。

「酷すぎるよ！　本腰入れてずっと準備してきたのに！　私、大ファンだったのに！　サイン貰《もら》おうと思ってたのに！」

「私情入りまくってるぞ……」

「幻滅だよ！　インスタのフォロー外しちゃうよ！」

まだ外してないあたり、まだファンを辞めるのは躊躇《ためら》ってるっぽい。

憧れは理解から最も遠い感情とはよく言ったもんだ。

「でも仕方ないんじゃないか？」

「何が仕方ないのさ」

膨《ふく》れっ面《つら》の吉乃を肴《さかな》に、ビールを一口飲み終えてから、

「向こうもプロな訳だから。止《や》むなしで断る理由があったんだろ」

吉乃のミーハー具合はさておき。

同じビジネスマンとして、土壇場キャンセルは非常にお悔やみ申し上げる。

とはいえ、いきなり白紙に戻ることは珍しい話でもない。なんならスムーズに話が進むほうが珍しいまである。

「だからさ――、」

「そんなことない」

「え」

言葉を遮る吉乃の圧が凄い。

吉乃はテーブルに置いていたスマホへと手を伸ばすと、そのまま指を動かし続ける。

これが目に入らぬかと言わんばかり。鋭い眼光と一緒にスマホを突きつけてくる。

「これは……」

画面に表示されるのは、観月モニカのインスタグラム。

ずっと夢だった仕事決まった～♪　✧٩(ˊωˋ*)و✧

あからさまにテンションの高い呟《つぶや》き。さらには、コラボ先の店前で観月モニカは撮影しているようで、ショーウィンドウに寄りかかってモデルポーズでハイチーズ。

ハッシュタグには、#ミモザ・エルザ　#さらなる飛躍
ミモザ・エルザとは、国内を飛び越え、海外でも評価されている最大手ランジェリーショップである。

それすわち、吉乃が勤めるメルピクのライバル企業。

「ウガァァァァ〜〜〜〜！！」

「吉乃《よしの》⁉」

吉乃ご乱心。もしくはキャラ崩壊。

「これは黒でしょ⁉　アウトでしょ！　事情も話さず、一方的にキャンセル告げられた結果がコレだよ⁉」

「おう……。と、とにもかくにもだな！　俺は観月モニカじゃないから、そんなに迫られても――」

「フェアの準備、すっごく順調だったのに！　コラボ先の企業さんに合わす顔がないよ！　なんなら明日から出張で謝罪巡りだよ！」

「心中お察しします！　だから！　俺の肩や腕を振り回す――」

「何が〝#さらなる飛躍〟よ！　飛ぶ鳥を落とす勢いって言葉もあるじゃない！　立つ鳥跡を濁すな〜〜！」

駄目だコイツ。上手《うま》いこと言っているようで、言ってることが意味不明。

俺の両肩を摑《つか》んで前後にカクカクさせたり、右手を摑んで左右にユッサユッサさせたり。

３６０度首が回転し続けることしばらく。

「吉乃？」

吉乃は事切れたかのように、俺の胸板に額を押し付けてくる。

「折角、マサト君や伊波ちゃんとも大きな仕事ができると思ったのになぁ……」

絞り出すかのように。悔しさを滲《にじ》み出させるように。

怒ったり、悲しんだり、絡み酒してきたり、凹《へこ》んだり。

忙しい奴《やつ》だなと思う。

けれど、それ以上に嬉《うれ》しく思えてしまう。

俺らとの仕事を楽しみにしてくれているのだから。

仕事のパートナーとしてではなく旧友として。

吉乃の頭へ、そっと手を置く。

「マサト、君？」

「そんな気にすんなって。俺らとの仕事が金輪際できなくなったわけじゃないしさ」

「……確かにそうかも」

「だろ？　俺らアドキャットとしては、メルピクに愛想《あいそ》尽《つ》かされるまでは全力で協力していきたいって思ってるわけだし」

「うん。コチラとしても長いお付き合いしてくれたら嬉しいです。――やっつけ仕事されない限りは」

「おおう……。やっつけ仕事しないように善処します」

「…………」

「…………」

「あははっ！」

落ち込んでいた吉乃は何処《どこ》へやら。顔を上げた吉乃の表情は晴れやかで、俺まで釣られて笑ってしまう。

絡《から》み酒は続くらしい。俺の胸板から額を離したはずの吉乃が、今度は頬がへしゃげるくらい抱き着いてくる。というか、甘えてくる。

「はぁ〜♪　もう少し延長させてもらおっと」

「おい。レンタルマサト君すんじゃねぇ」

「却下でーす。女性が弱ってるときは優しくしてあげないと」

「なんじゃそりゃ」

「ふふっ♪　マサト君が弱ったときは、とびきり甘やかしてあげるから。ね？」

なにその素敵な予約チケット。

セルフボディブローして、目の前で弱ったろかい。

「伊波ちゃんやアドキャットの人たちにも迷惑かけちゃったし、ちゃんと謝りに行くね」

「いや、俺んとこはいいぞ。本格的に作業する前だったし」

「そういうわけには」と拒み続ける吉乃は、しっかり律儀《りちぎ》なビジネスマン。

後輩も俺と同じ気持ちを抱いているのか。

「そうですよ。吉乃さんが謝る必要なんてありません」

「伊波《いなみ》？」「い、伊波ちゃん？」

声のするほうへと振り向けば、『まるっと全て聞いていました』みたいに深く頷《うなず》く伊波が立っていた。

「伊波にこの店で飲むって教えたっけか？」

「ちちち。私ともなれば、マサト先輩のいる場所を探知することなんてお茶の子さいさいですっ！」

「ドヤ顔で怖いこと言うなよ」とツッコめば、伊波はチロリと舌を出す。

「というのは冗談で、運命的に居合わせただけです」

運命じゃなく偶然だろうに。

そんな呆《あき》れと一緒に、少し乾いたお通しを口へ運んでいると、

「あら？　風間《かざま》君も来てたんだね」

「うす。お先に来てました」

会釈《えしゃく》する相手は涼森《すずもり》先輩。どうやら先輩後輩コンビの二人で飲みに来たようだ。

「えっと風間君。紹介して貰ってもいいかな？」

「あ。そーいや、吉乃とは初対面でしたよね」

「吉乃さん……。──あっ。もしかしてメルピクの社員さんの方？　風間君の同級生の！」

「正解です。その吉乃です」

さすが涼森先輩。度々社内でも〝吉乃〟というワードは出しているだけに、少ないヒントで把握してくれる。

涼森先輩は上品な笑みを浮かべると、そのまま吉乃へと一礼する。

「はじめまして。風間と伊波の上司の涼森鏡花《きょうか》といいます」

『どうだ。これがウチの絶対的エース、涼森先輩じゃい』と無駄に自慢したくなる気持ちを抑えつつ、今度は吉乃に涼森先輩を紹介しようとする。

──のだが、

「…………」

「ん？　吉乃？」

どうしたことか。数分前まであれだけ騒がしかった吉乃がフリーズしていた。

固まった視線の先は涼森先輩。

まん丸な瞳を一つ、二つとパチクリ。店内のBGMはまるでシンキングタイム。

もしもーし？　生きてますかー？　と手を振ろうとしたときだった。


「ええ⁉　ＭＩＲＡ⁉」


「おおう……」「！！！」「みら？」

吉乃の素っ頓狂な叫びにアドキャットメンバー、三者三様の反応を示す。

俺は思い出してしまう。吉乃が生粋《きっすい》のファッションオタクであったことを。

さらに俺は思い出してしまう。

涼森先輩にとって、ＭＩＲＡは禁忌の言葉であることを。

「ど、どうして⁉　どうして本物のＭＩ――」

「吉乃サン。チョット、オ花摘ミニ行キマショウカ」

「え⁉　ええ⁉」

張り付いた笑顔の涼森先輩が吉乃の腕をガッシリホールディングし、そのままトイレへ強制連行。その時間、実に3秒。

「あの、マサト先輩……？　一体何があったのでしょうか？」

「さぁ伊波。お前も席に座って、好きなもん頼め」

いただきます　ｏｒ　ご愁傷様です

両手を合わせるとしたら、前者のほうが絶対にいい。

9話：頼れるお姉さんだって頼りたい

昔昔。あるところに、ＭＩＲＡという美少女がいました。

ＭＩＲＡは読者モデルをやっており、それはそれは人気のあるカリスマだったそうな。

ファッション誌の表紙を飾れば、多くのファンたちが手に取り、ファッションショーのランウェイを歩けば、多くの観衆が心奪われてしまう。

地位や名声をほしいままに、望まずとも入手できるというチートっぷり。

近い将来、読モの枠を飛び越え、本格的にモデル業であったり、女優や芸能人として華々しいデビューを飾るのではないかと期待されるほどでした。

そんな順風満帆な彼女に転機が訪れます。

――いいえ、事件が発生します。

エロプロデューサーの魔の手が差し掛かったのです。

我が物にしたい、先っちょだけでも挿れたいエロＰは、とある日、ＭＩＲＡを事務所へと呼び出します。

そして、牙をむきます。

「芸能界デビューを大々的にプッシュしてやるから、俺の愛人になれ」と。

拒む彼女。それでも尚《なお》、執拗《しつよう》にホテルへと誘うエロP。

すったもんだのやり取りすることしばらく。

「女舐《な》めんな！　誰がアンタなんかに初めてあげるかー！」

限界を迎えたMIRA、正義の鉄槌《てっつい》。

閃光《せんこう》の如《ごと》く放たれた強烈な右フックが、エロPの頬へとクリーンヒットして一撃KO。

己の尊厳、貞操を死守したMIRAは、そのまま事務所を後にします。

それから間もなく。彼女はメディアから姿を消してしまいます。

多くのファンが衝撃を受けるものの、真実は闇の中。

華々しい世界を引退した彼女は、『MIRA』というモデル名を封印し、本来の名前である『涼森鏡花』として生きていきます。

ブラック企業に勤め、社会の荒波に何度も飲まれそうになりますが、持ち前のストイックさで舵《かじ》を取り続けます。

努力が実を結ぶのに、そう時間は掛かりません。死に物狂いで来る日も来る日も勤《いそ》しんだ結果、立派なキャリアウーマンへと成長を遂げるにまで至ったのです。『カリスマモデルのＭＩＲＡ』から、『キャリアウーマンの涼森鏡花』へ生まれ変わります。

華々しい世界ではないかもしれません。それでも、多くの後輩たちに慕われ、毎日を一生懸命幸せに暮らす涼森鏡花でした。

めでたし、めでたし……？

※　※　※

「お願いします！　何卒《なにとぞ》、涼森さんのお力をお貸しください！」

「顔を上げてください！　私、何度頼まれても絶対やりませんから！」

この二人は、一体どれくらい押し問答を繰り広げているのだろうか。

「身勝手なお願いなのは分かってます。ですがメルピクのために！　私を含めたＭＩＲＡファンたちのために！」

「その名前を言わないで！　〜〜〜っ！　あぁもう！　風間君も黙ってないで助けてよ！」

「ははは……」

「笑いごとじゃありません！」

すいません。笑うしかできないんです。

あと、とんでもなく申し訳ないけど、困ってる涼森先輩を見られてちょっと眼福とか思っちゃってます。

我が社、アドキャットの商談スペースにて。わざわざ来社した吉乃《よしの》が、涼森先輩へと何度も何度も頭を下げ続けている。

謝罪しに来た。――わけではなく。

撮影モデルを依頼しに来たのだ。伝説のカリスマモデルであるＭＩＲＡに。

「にしても吉乃。よく涼森先輩がＭＩＲＡって気付いたよなぁ」

吉乃は、ツンと胸を張って誇らしげな顔をしつつ、

「当然だよっ。熱狂的な〝ミラー〟だったからね」

「ミラー？　なんだそれ？」

「ＭＩＲＡさんのファンクラブ会員の人たちをミラーって言うの。今は閉鎖されちゃってるけど、当時は五万人以上もの会員《ミラー》がいたんだよ」

「へ～。そんな規模の信者《ミラー》がいたのか」

　さすが天下のカリスマモデル。改めて、とんでもない姉御なんだと感心する。

　吉乃、腰に手を当てて渾身《こんしん》のピースサイン。

「ちなみに、プラチナ会員だった私は、ＭＩＲＡさんのサイン入り写真集もＧＥＴしちゃってます」

「しゃ、写真集だと……⁉　その情報詳しく！」

「発売前から重版するほどの人気作でね。舞台裏《ステージ》での秘蔵ショット、プライベートに密着したサービスショットとか。全てが完全撮り下ろしなの」

「秘蔵ショット、サービスショット、完全撮り下ろし……。なんて魅力的な言葉の数々なんだ……！」

「モルディブ諸島での水着七変化なんて、本当にスゴいんだから」

「水着七変化⁉　その情報さらに詳しく！」

「ＭＩＲＡさんの黄金比率な美ボディが、惜《お》しげもなくたっぷりと収録されてます。――もうね？　女の私でもキュンキュンしちゃうほど凄《すご》いんだから……！」

「す、凄いのか？」

「それはもう～♪」

　うっとり、恍惚《こうこつ》と瞳を輝かせる吉乃を目《ま》の当たりにすれば、俺も負けじと妄想が膨らんでしまう。

モルディブのどこまでも澄み切った空、コバルトブルーに光り輝く海。

そして、とびきり綺麗《きれい》な水着姿の涼森先輩《MIRA》。

潮風そよ吹く砂浜を歩く姿だけで白飯三杯レベル。大きなパラソルの下で砂浜に横たわり、『一緒に休む？』と言わんばかりに蠱惑《こわく》的な笑みで誘ってくる。

飛沫《しぶ》く波の水滴が、たわわに実った双丘やキュッとくびれたウエストをより色っぽく彩《いろど》る。細かな砂粒が、シュガーパウダーの如く、ちょっと食い込んだショーツや丸みを帯びた臀部《ヒップ》の魅力を最大限に引き立てる。

駄目だ……！

妄想だけでは物足りない！　世界の真理に近づきたい！

「吉乃！　可及的速やかに、その本を持ってきて――、」

「風間《かざま》君のおバカ～～！　人の恥ずかしい姿を見ようとするなぁ！」

推しのお姉さん、顔を真っ赤に激おこ。

恥じらいながら俺の両頬をこねくってる姿は、マジで完璧で究極のアイドル。

俺も大概ドアホながら、

「いいなぁ～。MIRAさんにスキンシップされて」

羨ましげに眺める吉乃も大概ドアホである。

「さ、さーせん。ついつい我を忘れてしまいました」

「そんな簡単に我を忘れる後輩が私は心配だよ……！」

「うす……。ご迷惑お掛けしております……」

仰《おっしゃ》る通りすぎて辛《つら》い。

このままでは後輩の面子《メンツ》が丸潰れ。名誉挽回《めいよばんかい》する必要アリ。

軽く咳払《せきばら》いしつつ、吉乃に向き直る。

「まぁ吉乃。お前が熱狂的なミラーなのは分かった。――でもだな、涼森《すずもり》先輩もその手の業界からは足を洗ったわけだからさ。見逃してやってくれよ」

「MIRAさんのこと、泥棒みたいに言うな」「人のこと、時効待ちみたいに言うな」

吉乃と涼森先輩のクレームはスルーの方向で。

「とにかく！　涼森先輩をモデルにするのはダメ！　ゼッタイ！」

もはやゴリ押し。両腕で力強く×マークを作ってキッパリと意思表示する。

人の振り見て我が振り直せ。吉乃自身も冷静さを取り戻す。

「ＭＩＲＡさん──、じゃなくて涼森さん。どうしても難しい依頼でしょうか？」

ファンとしてではなく広報としての依頼。

吉乃の真剣さが伝わっているからこそ、涼森先輩は一層気まずげに苦笑う。

「難しい、……ですね。やっぱり私は元読者モデルであって、今は普通のＯＬですから」

『普通のＯＬですから』というより、『普通のＯＬでありたい』。

まるで静かに暮らしたいと言っているような。

涼森先輩の事情を知っている俺からすれば、「それも仕方ないこと」と理解できる。

けどだ。その反面、「せめてもう一度、晴れやかな舞台に立ってほしい」という吉乃の気持ちも理解できてしまう。

「いーじゃん。もう一回くらいＭＩＲＡになっても」

「因幡《いなば》？」「み、深広《みひろ》？」

いつの間に侵入してきたのか。因幡が俺の右肩からニュッと顔を出す。

おまけに、俺の背中にはムニュッと乳がＨＩＴ。

ありがとうございます。

「人の噂《うわさ》も七十五日って言うしさ。ここいらでドーンっと登場なんてのも面白──、良いと思うわけよ」

「深広、アンタね……。自分がどれだけ矛盾したこと言ってるか分かってる？」

「うんうん。人は矛盾だらけの生き物ですよねん」

「冬のボーナス、あるといいわね」

「職権乱用はズルくない⁉」

自業自得《じごうじとく》って言葉を知らんのか因幡は。

まぁ、ウチの会社のボーナスなんて微々たるもんだ。あまり深く考えずに毎日働けばいいんじゃないですかね。

「鏡花《きょうか》先輩の晴れ姿、私も見てみたいですっ」

「うおう⁉」「渚《なぎさ》ちゃん⁉」

次から次へと。今度は伊波《いなみ》が俺の左肩からコンニチワ。もはや負ぶさってきやがる。

先日の一件で、さすがの伊波も『涼森先輩＝ＭＩＲＡ』という方程式に気付いてしまったのは言うまでもない。

「大好きな先輩と大好きなブランドがコラボするんですから。見たいに決まってます！　皆お揃《そろ》いのルームウェアや下着でパジャマパーティーだってしたいです！」

「後半に関しては、お前の願望じゃねーか」

「マサト先輩も、おそろしてくれるならパーティーの参加を許可しましょう」

「俺だけ参加条件が過酷すぎる……」

羊の皮を被《かぶ》った狼《おおかみ》もとい、ランジェリーを纏《まと》った変態とか。

ハイリスクハイリターンだけに、ワンチャンあるかもと考えてしまった自分が情けない。

俺の妄想はさておき。

「えっと……。その……」

涼森先輩は一層と戸惑いを露《あら》わにする。言葉を詰まらせる。

吉乃、因幡、伊波。

いちファンとして、会社のため。興味本位であったり、憧れを抱いているからであったり。理由は三者三様、一部不純物が混じってはいる。

けどだ。結局のところ、涼森先輩に対して『期待』する気持ちは全員一緒。

期待されているのが分かっているからこそ、三人の強い視線を感じるほど、涼森先輩は深く悩んでしまうのだろう。

悩んでいるからこそ——、

（涼森先輩……）

俺をジッと見つめてくる。整った容姿に『どうしよう』と描いて。

カリスマモデルでもなく、キャリアウーマンでもなく。

一人の女性として俺へ救いの手を求めている。

唯一、事情を知るのは俺だけ。先輩を助けることができるのは俺しかいない。

今こそ、常日頃の感謝を還元すべきとき。

「涼森先輩」

「は、はい……」

「前言撤回します。涼森先輩の晴れ姿、やっぱり俺も見てみたいです」

「へっ⁉」

真面目に不真面目しているわけじゃない。

至極真剣に考えた結果の答えである。

「涼森先輩が本気で嫌だったり、絶対にしたくないのなら、俺も全面的に味方します。

──でも、」

「でも……?」

「1%でも迷う気持ちがあるのなら、一度しっかり考え直してほしいなって」

守ってほしかったのかもしれない。

しかしながら、俺としては背中を押したかった。

悩むということは、何かしら未練があるということなのだから。

たはは、と笑みが零《こぼ》れてしまう。

「というわけです。今の俺が言えることは、コイツらと同じ感想ってくらいですね」

ウィ・アー・ザ・ワールド精神を掲げ、吉乃、因幡、伊波を見渡す。

「ん？」

どうしたことか。同胞たちの視線が生暖かい？

「マサト君。前もって言っておくけど、グラビアみたいな撮影はしないよ……？」

「風間はムッツリだからね〜。ルームウェアだけでも想像力でカバーできちゃうか♪」

「マサト先輩のス・ケ・ベ」

「う、うるせー！　皆一緒でいいだろ！」

首を縦ではなく横に振るコイツらは、仲間ではなく敵だったらしい。

伊波の短文悪口が、地味に一番刺さるんですけど……。

「あははっ！」

「す、涼森先輩？」

俺らのアホなやり取りがツボに入ったのか。涼森先輩がいきなりに大笑い。

「ごめんね？　風間君が相変わらずボッコボコにされてるから」

「あの……。自覚あるんで、相変わらずって付けるの止《や》めてくれません……？」

「ごめんごめん！」と両手を合わせようとも、華奢《きゃしゃ》な両肩を上下させ続けているのだから謝罪の説得力は皆無。

しかし、怒りの気持ちは当然ながら芽生えない。

むしろ憑《つ》き物が落ちたように晴れやかになった笑顔に心打たれるまである。

何よりも表情を見れば伝わってくる。

「吉乃さん」

「は、はい！」

キャリアウーマンなお姉さんは、頼もしくも言うのだ。

「周りに迷惑を掛けない範囲で良ければ、お引き受けします」

※　※　※

「へー。スタジオってこんな感じなんだな」

初めて入る撮影スタジオに、思わず感嘆の声が出てしまう。

外観は何処《どこ》にでもある雑居ビル。けれど、中に入れば別世界。

コンクリート調の室内は白色スクリーンに包まれ、照明やカメラといった撮影機材が天井に吊《つ》るされていたり、スタンドに設置されていたり。

既に撮影は始まっているようで、モデルやカメラマン、スタイリストといったスタッフたちが各々《おのおの》の仕事に取り組んでいる。

ドラマなどで見たことあるとはいえ、やはり現場を肌で感じるのは別世界と言えよう。

——と知った風な口叩《たた》いたものの、今日来た理由は只《ただ》の見物人《ガヤ》である。

同行者の二人、伊波《いなみ》&因幡《いなば》コンビは実にマイペース。

「七五三のときに小さなスタジオに入ったくらいなので、私も実質初めてですね〜」

「ワタシは成人式のときに振袖姿撮ってもらったことあるから、6年ぶりくらい？」

「えっ、いいな〜。私、しっかりしたところで撮らなかったから羨ましいです」

「まーまー、渚。別の晴れ姿なら近々撮影できるかもじゃん」

「？？？　別の、ですか？」

「風間《かざま》との、結婚『しゃ』・『し』・『ん』」

「いや〜〜ん♪」

撮影の邪魔になるんで、もう帰ってくれませんかね。

「おーい、皆さーん」

コントが終わった良きタイミングで、俺らの存在に気付いた吉乃がやって来る。

「良い場所でしょ？　メルピクが毎回お願いしてるスタジオなんだよ」

「さすがだよなぁ。アドキャットで何かしらの撮影するときなんて、一眼レフじゃなくてスマホだし。なんならフリー素材漁《あさ》るパターンが殆《ほとん》どだわ」

「あのさ……。私はどういう反応すれば正解なんでしょうか……？」

引くなり笑うなり好きにすればいいと思います。

閑話休題というか、誤魔化したというか。

「皆さん。今回は本当にありがとうございました」

旧友としてではなく、ビジネスパートナーとして。

吉乃が俺を含めた三人へと深々頭を下げる。

「いや、そんな畏《かしこ》まらなくても」

「ううん。いち取引相手の私じゃ、今回の依頼は成立しなかったから。アドキャットの皆さんが築いた関係があったからこそだよ」

そう言われてしまえば、反論の余地はないし、反論する必要もない。

吉乃としてもすんなり感謝を受け取ってほしい。

だからこそ、とびきりの笑顔なのだろう。

「というわけで、メルシー&ピクニックを代表して感謝を述べさせていただきました。あと、MIRAファンとしてもね」

「あとって。テンション的にＭＩＲＡファンとしての気持ちのが強いんじゃねーか？」

「そこはノーコメントで♪」

「分かりやすい奴《やつ》だな」

「あははっ」

さらなる皮肉を言ってみようが、吉乃の笑顔は変わらない。なんなら俺らさえ嬉々《きき》とした表情になってしまう。

「ＭＩＲＡさん、入られまーす！」

スタッフさんの一声が掛かれば、スタジオ内の雰囲気が明らかに変わる。

「つ、ついにですね！　マサト先輩！」

「おう……。何か俺が緊張してきた……」

一斉に固唾を飲んでしまうのはピリついているから？　手を止め、足を止めてしまうのは肝が冷えたから？　――そんなわけがない。

〝期待しているから〟

この言葉に尽きる。

「……おお」「わぁ～♪」

メイクルームから出てきた女性に、目だけでなく心まで奪われてしまう。

黒髪ロングなヘアスタイルも完全イメチェン。明るくカラーリングされた髪は丁寧にウェーブが掛けられ、大和撫子《やまとなでしこ》だった彼女を都会の似合う女へと変身させる。

控えめだったメイクから際立《きわだ》たせるメイクへ。

整った容姿なだけに、過度なメイクは不必要なんだと勝手に思っていた。

長い睫毛《まつげ》、大きな双眸《そうぼう》、艶やかな唇など。パーツ一つ一つを際立たせるだけで、こうも印象が変わるのだと感動さえ覚えてしまう。

色っぽさはそのまま。けれど、普段のおしとやかさは影を潜め、代わりにクールな雰囲気を漂わせる。

キャリアウーマンな涼森《すずもり》先輩ではない。

「MIRAだ……」

天下無双のカリスマモデル、MIRAがそこにはいた。

静まり返ったのは一瞬だけ。悲鳴にも近い歓声がドッと沸き起こる。

メルピク、コラボ先企業、撮影スタッフなど。業界の人間とあって、やはりMIRA《ミラー》信者は多く、MIRA再誕に感情が昂《たかぶ》っている。

撮影スペースへと移動する姿は、ランウェイを歩くモデルそのもの。

「MIRA～！」と名前を呼ぶスタッフや、「おかえりなさーい！」と涙ながらに手を振り続ける吉乃たち。その一人一人にMIRAは気品ある笑みで応え続ける。

自分の知らない涼森先輩を見られて、心底満足できる。

その反面、自分の知ってる優しいお姉さんが見られなくなって少し寂しさを覚えたり。

「俺って、みみっちいよなぁ」と、矮小《わいしょう》さを噛《か》み締めているときだった。

「ん……？」

MIRAと化した涼森先輩が、俺を見つめていた。

そして、両瞼《まぶた》に人差し指を添え、少し頬を膨らましつつアイコンタクト。

（恥ずかしいから、あんまりジロジロ見ないでね？）

あ……。俺の知ってる涼森先輩だ。

俺にだけ一瞬見せてくれた表情は、正真正銘、俺の憧れるお姉さんそのもの。

我ながら単純である。

※　※　※

自販機前の椅子へと腰掛け、買ったばかりの缶コーヒーを口に含む。

「はぁ……。染《し》みる……」

少し熱いくらいが丁度良く、ほろ苦さや甘さが心地好《よ》い。小一時間立ちっぱだった身体《からだ》に入れるガソリンとしては、うってつけである。

伊波《いなみ》たちはまだまだ元気いっぱいのようで、やれコラボ新作だの、やれ知ってるモデルさんだの。現場に残ってエンジョイし続けている。

ショッピングモールやネズミーランドに行くと女性陣は全力で楽しみ続け、男性陣は喫煙所でタバコをふかす。そんな構図がスタジオひとつでも出来上がってしまうのだから大したもんだ。

コーヒーを今一度、チビりと飲みつつボヤく。

「──まぁ、メインの涼森先輩なんて、俺らの労力の比じゃねーだろうけど」

「そうだねー。今日ばかりは、さすがに大変かも」

「す、涼森先輩⁉」

「あはは……。この姿で本名呼ばれると、結構恥ずかしいね」

この姿。それすなわちＭＩＲＡの姿。

不意に現れた普段と違う先輩に、そりゃコーヒーも噴き出しそうになる。

「なんでココに？」

「撮影機材のメンテナンス中なの。だから、束《つか》の間の休憩タイム」

と言いつつ、涼森先輩が俺の隣に腰掛ける。

さっきまでルームウェアの撮影をしていたようだ。オーバーサイズのシャツワンピを涼森先輩は着用しており、案の定、見事に着こなしている。

すっぽりと全身を覆うシルエットがズルい。裾丈から覗《のぞ》く生足が眩《まぶ》しすぎて、思わずソワソワしてしまう。

「さて。風間君に問題です」

「へ？」

「普段の涼森鏡《きょう》花《か》と今現在のＭＩＲＡ。風間君はどちらが好みでしょう？」

「ええっ⁉」

まさかのイタズラお姉さん降臨。涼森先輩は上機嫌にも首を振りつつ、「チク、タク、チク、タク」と唱え続ける。

何その、圧倒的に俺有利なクイズ……！

「5、4、3――、」

「ス、ストップ！　えっと……。～～～っ！　やっぱり選べませんって！」

「え～」と涼森先輩は唇を尖《とが》らせつつ、

「泉の精霊なら呆《あき》れて帰っちゃうよ」

「そんな金の斧《おの》、銀の斧みたいに……。そもそも、正直に答えたところで全部貰《もら》えるって話でもないでしょ」

「なになに？　風間君は私が全部欲しいの？」

「なっ⁉　か、からかわないでくださいよ！」

「あははっ♪　風間君の顔真っ赤！」

真面目な顔で問うてきたと思えば、唇を尖らせたり、イタズラ気に見つめてきたり。

しまいには、えくぼができるくらい大笑いしたり。

いつも以上にコロコロと表情が変わっているのは、ＭＩＲＡになってテンションが上がっているからだろうか？

それもあるけど一番は俺側だな。頭では分かっているものの、普段とは違う見た目なだけに心臓が高鳴りっぱなしだし。

いつまでも童貞丸出しの反応ばかりはしていられない。

「あ。なんか奢《おご》りますよ」

後輩というよりマネージャー。薄着で財布を持っていない先輩のためにもと自販機前へと立つ。

「ほんと？　じゃあお言葉に甘えちゃおっと。はちみつレモンで♪」

「うす」

ご所望の飲み物を購入して涼森先輩へと手渡す。

「ありがとね。いただきまーす」とペットボトルを傾ける姿も様になる。

「……ふぅ。温かくて落ち着くなぁ」

疲れた身体に、はちみつの甘さやレモンの酸《す》っぱさは相性抜群のようで、うっとりした吐息まで喜んでいるように見える。

昨今、自販機飲料の値上げは凄《すさ》まじいながら、この笑顔が見れるなら安いもんだ。

「涼森先輩。今更なんですけど、その髪色って直《す》ぐ戻せるもんなんですか？」

「ああコレね。カラースプレー振ってるだけだから、洗い流せば元通りだよ。セットもコテ使ってるだけだし」

「へ～」

中々の変わりっぷりなだけに、それ相応の対価を支払ったかと思えたが、案外簡単にキャリアウーマンなお姉さんに戻れるらしい。

さすが、長年俺を教育してくれた先輩。

「うん？　他に何か聞きたいことあるの？」

自分では顔に出していないと思っていた。微細な感情を読み取られてしまう。

「……ぶっちゃけ、どうでした?」

「どう?」

首を傾《かし》げる涼森先輩へ、真面目に問う。

「涼森先輩の迷いは消えましたか?」

久々にモデルの仕事をこなしてみて。

ファンや業界の人から歓声を受けてみて。

MIRAに戻ってみて。

「あぁ。そのことね」

重く、小さく頷《うなず》く涼森先輩は、『1%でも迷う気持ちがあるのなら、一度しっかり考え直してほしい』という俺が以前言ったセリフを思い出してくれる。

緊張するに決まってる。

涼森先輩の返答によっては、永遠の別れだって有り得るのだから。

『モデル業に戻りたい』『今回を機に羽ばたきたい』『アドキャットなんてクソくらえ』

どんな結果になろうが、涼森先輩を全力で応援したい気持ちは変わらない。

それでも、いなくなることを考えると、寂しさという感情が最も色濃く出る。

「ちゃんと聞いてくれる？」

「……はい」

アイラインで大きく縁どられた瞳。その目力に吸い込まれてしまえば、既に答えが定まっているのが容易に分かってしまう。

思わず背筋を伸ばした俺へと、涼森先輩は思いの丈を告げる。

「ま〜〜〜ったく！　モデル業界に未練はありませんっ」

「そ、そんなハッキリ⁉」

まさかの断言。しかも1ナノも未練がなさそうな発言ときた。

「何？　私が『またモデルとして活動したい』って言うと思った？」

「いや、どっちを選んでも応援する気負いがあったんです。——でも、ここまで気持ちの良い答えは予想外だったなって……」

涼森先輩としても、現在に至るまで明確な答えが出せなかったのか。今一度振り返るべく、「うーん」と少し突き出した唇に人差し指を当てつつ天井を仰ぐ。

「確かに、風間《かざま》君が後押ししてくれるまでは少し悩んでたの。現状の生活に満足してるけど、『それって本気で思ってる？　それとも強がり？』ってね」

不慮のアクシデントによって涼森《すずもり》先輩は引退を余儀なくされた。

とはいえ、強大なインフルエンサーだっただけに、業界に残ろうと思えば残れただろう。

それでも涼森先輩は普通の社会人の道を選んだ。

「成程……。モデルを引き受けることによって、自分の気持ちが変化するかもって考えたんですね」

「そういうことだね」

照れ交じりに微笑《ほほえ》む表情は、普段と違う見た目になっても、やはり涼森先輩そのもの。

そりゃそうだ。俺の知ってる涼森先輩も、俺の知らないＭＩＲＡも、ひとつにまとめて涼森鏡花そのものなんだから。

「今日、久しぶりにモデルをやってみて確信したの。やっぱり私は、ＯＬの涼森鏡花として今を全力で楽しんでるんだなって」

強がりでも何でもない。

だからこそ、涼森先輩は晴れやかな表情を向けてくれる。

「ま、ブラック企業の待遇には全然納得してないけどね」

「ははっ！　それは違いないです」

合点《がてん》がいけば俺までスッキリする。安心すれば一気に身体が軽くなる。

「というわけだから。風間君、これからも一緒に頑張っていこうね」

「はい！　今後もビシバシ鍛えていただければと」

『乾杯する』よりも『盃《さかずき》を交わす』という表現のほうが近い。

涼森先輩のはちみつレモン、俺の缶コーヒー。互いの容器を合わせた後、少し多めに飲み物を口に含む。

不思議だ。最初に飲んだ一口目よりも身体が温かく感じてしまうのだから。

「さて、と。そろそろ現場に戻ろうかな」

「あ。涼森先輩」

「うん？」

ゆっくり立ち上がる涼森先輩に、ふと気になったことを尋ねてしまう。

「さっきの問題で、俺が『ＭＩＲＡさんのほうが好み』って答えてたら、どう返したんですか？」

「うーん、そうだなぁ」

間延びする涼森先輩は、特に明確な答えを持っていなかったのか。

今思い付いたように、茶目っ気たっぷりに白い歯を見せる。

「風間君のお望み通り、ＭＩＲＡの姿でずっといたかもね」

「ええ⁉　マ、マジですか⁉」

「さて、どうでしょう♪」

涼森先輩が本気で言っているのか、冗談で言っているのかは定《さだ》かではない。

『清楚《せいそ》で大和撫子《やまとなでしこ》感満載の涼森先輩』ｏｒ『色気と都会感たっぷりのＭＩＲＡさん』

あっちを立てれば、こっちが立たず。

ミラーでもあり涼森信者でもある俺には、やはり究極の選択っぽい。

まぁ、どっちも至高なのは変わりないけど。

10話：煽《あお》っていいのは、煽られる覚悟のある奴《やつ》だけ

接待。

湯茶や食事などを振舞い、客人をもてなすこと。

サラリーマン、特に営業職の人間にとって切っても切り離せないイベントといえよう。

新たな顧客になってもらえるようベロンベロンになるまで飲みに行ったり、既存の顧客に媚《こ》びへつらうべく「ナイッッシォォォ――――！」とゴルフ場で雄叫《おたけ》びを上げたり。

アフターや休日が接待によって潰れることは珍しいことではない。

大手企業の営業マンなどは、クレジットが限度額オーバーして利用停止を食らうくらい接待飲みに明け暮れる猛者《もさ》もいるんだとか。飲みすぎた結果、尿酸値やガンマ値などが異常をきたし、健康診断で引っ掛かりまくるんだとか。

昨今の不景気、コロナなどの影響もあり、過度な接待や交際費の見直しを図る企業は少なくはない。

とはいえ、一切を禁じないあたり、よくも悪くも接待という制度が撤廃されることは、まずありえないだろう。

※　※　※

当然、営業マンである俺も接待まみれである。

本日の接待相手は、方条《ほうじょう》工務店の広報担当、方条桜子《さくらこ》。

否《いな》。近所のクソガキ。

『ナハハハハ！　カザマ弱っ！　どんだけ死んでんだよ～』

「危険度MAXは無理だっての！　エンジョイ勢舐《な》めんな！」

『えー。わたしもエンジョイ勢なんだけどなぁ。何でカザマだけ死んでるんだろうなぁ』

「エンジョイ勢が毎回カンストしてるわけねーだろ……！」

『これが持つ者と持たざる者との違いっ。カザマは持たざる者！　現実世界と同じく！』

「クソ腹立つ！　だぁぁぁ～～！　またデスしたぁぁ～～！」

接待ゲームなう。

今現在、お互いの家からディスコードで通話しつつ、コントローラーをカチャカチャ動かしているのだが、顔を見なくても方条が大爆笑しているのが丸分かり。

プレイ中のゲームは、皆大好き、イカ人間が織り成す対戦アクションゲーム。人モード時はインクの入った銃などで敵と戦い、イカモード時はフィールド上に塗られたインクを利用して泳いだり。

小学生から大人まで幅広く楽しめるコンテンツとなっており、なんなら一試合サクッと10分も掛からず終わるだけに、プライベート時間の少ない社畜や主婦のほうが沼にハマる人は多い。一試合だけと思っていたのにボロ負けして『一戦、あと一戦！』と時間が溶けていくのも非常にあるある。

「うぉ⁉　敵に囲まれた⁉」

ゲーム画面には、腹立つ顔の小さな宇宙人たちが、作業員に扮《ふん》する俺へとわらわら群がってくる。

近付くなと小型銃を乱射しまくるが直《す》ぐに弾切れ。イカになって逃げようとするが、逃げるためのスペースも見当たらない。逃げ場がないと分かっていても壁側へと下がることしかできない。ジリ貧。

小さな宇宙人に気を取られていると、その背後から巨躯《きょく》な親玉まで接近してくる。

ついには目の前に。

「く、来るな……！」

親玉の頭頂部にセッティングされた風船がみるみるうちに膨らんでいく。早く破壊しないといけない。けれど、引き金を何度引いたところで『インク切れです』というメッセージしか出てこない。

今なら分かる。

元気玉を食らったフリーザ様の気持ちが。

「ヤバイヤバイヤバイ！　方条助けっ――、」

まさにビッグバン。

憎たらしい轟音《ごうおん》とともに風船が爆《は》ぜ、俺の身体《からだ》が眩《まばゆ》い光に包まれる。

痛みはない。あるのは死のみ。

「……また死んだ」

戦闘不能になってからしばらくすると、任務達成を知らせるファンファーレが鳴り響く。

『はいクリア〜♪』

「俺を復活させずに余裕でクリアとか……」

あとは救援のヘリを待つだけ。ヘリが来る間は、戦いを共にした仲間たちと群がってピョンピョン飛び跳ねたり、喜びを表現すべく海へと身投げしたり。

戦闘不能状態になった仲間にインクをかけて復活させたり。

「お」

一人悲しく地面で伸びていると、俺の頭上にある高台から方条がヒョコ、と顔を出す。

一般のプレイヤーであれば、そのまま高台から下りてきてインクをかけてくれる。そのまま復活して、『ナイス！』のエモートで労《いたわ》ってくれる。

しかし、方条は一般《パンピー》の部類ではない。

カスの部類。

『ざっこ〜♪　ざっこ〜♪　お尻ペンペン♪　カザマにペンペンペーン♪』

「チクショウ！　通報すんぞコノ野郎！」

煽りの極み。『カモン！』のエモートを連打しつつ、どうやってキャラコンしてるのか分からない動きで腰をクネクネ、尻をフリフリしてきやがる。

何が一番腹立つかといえば、イヤホン越しに聞こえる耳障《みみざわ》りなオリジナルソング。

『もう一つおまけにペーンペペーン♪　ペペペペペペペペ〜〜〜ン♪　ナハハハハハ！　楽しすぎて森生い茂る〜〜♪　カザマ・マジ・エコロジ〜〜♪』

クソ……。リモートじゃなけりゃ、頰の一つや二つツネれたというのに……！

「ケツ叩《たた》いてる暇あったら、最後くらい復活させてくれよ！」

『んんん？　それが人にモノを頼む態度なのか？』

「えっ」

『わたし凹《へこ》んじゃうなぁ。誰かさんのカバーするために、人一倍親玉を倒したし、人一倍納品だってしたのになぁ』

「それは……。――まぁ、そッスね……」

煽ることは絶対的な悪。けれど、自分のスキル不足が招いた結果なだけに、強く反発する気持ちが小さくなっていく。

なんなら「俺のほうが悪いのでは？」という気持ちさえ芽生えてくる。

『あーあ。新米アルバイターのお守《も》りしながらの任務は大変だったのにナ～』

「さ、さーせん……」

『じいちゃんに口酸《す》っぱく言われてるけどナ～。「人に感謝できない奴は、人に感謝されない」ってサ～』

「仰《おっしゃ》る通りで……」

耳元でひたすらクレームを言われ続ければ、ゲーム画面に映る方条のキャラクターが、心なしか本人そのものに見えてくる。

コントローラーを床に置き、あぐらから正座の姿勢に。

「――この度は、方条さんの目覚ましいご活躍によって窮地を脱することができました。

本当に感謝の気持ちでいっぱいでございます……」

『そーだろ、そーだろ♪』

「そんなMVP様に非常に恐縮なのですが、戦闘不能になった私めを復活させていただけないでしょうか……」

『どうしよっかなぁ～。もう一声、ヨイショされたら即オチしちゃうかもなぁ～』

「ぎぎぎっ！」

プライドなんてクソくらえ。

気分は大和田常務《どげざ》。

「助けて天才美少女！　どうか床で干からびる自分にお慈悲をください！」

『えへへ～～♪　くるしゅーないぞ！　この天才美少女が助けてやろう！』

「はは～～！　ありがたき幸せ！」

画面越しに頭を下げれば、画面内で気絶している俺へと方条がインクをぶっかけてくれる。わざわざヘッドショットする意味は不明だが、完全復活に成功。

恥を忍んで何が得られるのかと聞かれれば、何も得られませんが答え。

しかし、ここで引き下がれば悲しさを得てしまう。この歳《とし》で泣きたくはない。

『いや～。やっぱりカザマとゲームするのは面白いなぁ♪　縛りプレイしてるみたいで！』

「人を障害要素にするなよ……」

実際全く役に立ってなかっただけに、力強く反発できないのがツライ。

セコンドがタオルを投げるように、タイミング良くやってきたヘリが俺らを回収してくれ、やっとこさゲームが終了する。

ハードな試合だったため、しばしの小休止タイム。無駄に力の入っていた両肩をだらん、と弛緩《しかん》させつつ姿勢も崩す。

「ふぅ……。今の試合、過去一集中したわ」

『面白かったでしょ？　ずっと死んでたけど！』

「うっせ」と返せば、方条は『にしし♪』と笑いつつ、スナック菓子をバリボリ食べたり、エナドリらしき飲み物をゴクゴク飲んだり。

俺も負けじと、先日の残っている日本酒をいただいたり、コンビニで買っておいた砂肝をモグついたり。

「くはぁ。うめぇ」『ぷはぁ〜。美味《うま》いっ！』

接待と言う名の宴《うたげ》が楽しいのなんの。

というか、もはや接待じゃないんだろうな。アフターを共通の趣味を持つ友人と遊んでるだけだし。

「方条って友達とゲームしないのか？」

『ん？　どしてそんなこと聞くん？』

「興味本位ってだけだぞ。eスポーツ学科専行してたし、ゲーム友達多そうだなって」

『なるへそ。いるっちゃいるけど、時々集まってするくらいだよ。毎日するような友達はいないかなぁ』

「なんか意外だな。ゲーム上手《うま》い奴《やつ》らって、チームとかグループ組んでガチガチにやってるイメージあるし」

『わたしはガチ勢じゃないからねー』

あっけらかんと言うあたり、方条はあくまでエンジョイ勢スタンスを貫くようだ。

『大会に参加したり、ランキング上位目指して皆でゲームするのも面白いっちゃ面白いよ？　でもねー。やっぱりどうしてもギクシャクするときができちゃうの』

「ギクシャク？」

『そーそー。「今のはお前が戦犯だ！」とか「何でサポート入らないの⁉」とか「何でランクマ初日から寝坊するの⁉」とか』

「最後は完全に方条が悪いだろ……」

『朝苦手なんだもーん』

ブゥ垂れるお前は社会人だろうに。

というものの、今の話を聞いてなんとなしに、方条《ほうじょう》がエンジョイ勢に拘《こだわ》る理由が分かった気がする。

『楽しみ方は人それぞれだとは思う。だがしかーし！　やっぱりわたしは、ピリピリしながらよりも、自分や仲間が死んじゃっても笑いながらするゲームのほうが好き！』

一緒に仕事やゲームする関係だからこそ、実に方条らしい考えだと心から思う。

同時にスッキリする。『ゲーム下手男《へたお》の俺をよく誘ってくれるけど、方条は心から楽しんでるのか？』と心配だったから。

良かった。俺も方条も接待関係なく、一緒にゲームするのを楽しめてたんだな。

「方条がプロゲーマー目指さないで、普通の社会人やってる謎がやっと解けたわ」

『にしし。謎が全て解けたか！』

「何で専門学校行ってたかの謎は解けてねーけど」

『それはね。ゲームが沢山できると思ったから！』

「浅《あせ》ぇ」

『なにおう！』

イヤホン越しでプンスカされれば、思わず噴き出してしまう。

俺が大学に進んだ理由も、「まだ社会人になりたくないから」ってのがかなりのウェイト占めてたし、どっこいどっこいかもしれん。

なんなら、好きなモノだからを理由に進学した方条のほうが立派なまであるかも。

方条との会話を肴《さかな》に日本酒を口に含もうとするが、とあることをふと思い出す。

つい先日、伊波《いなみ》と一緒に飲みながら話していたことだ。

「好きなもん繋《つな》がりで思い出したけど、日本酒好きとしては、いつか日本酒の会社とは一緒に仕事してみたいかな」

「日本酒を一から造りたい！」までの気負いはさすがにないものの、普段からお世話になってるだけに、少しくらい還元できたら嬉《うれ》しいなんて思ったり。

『ほえ～。日本酒の会社って、お酒を造ってる会社ってこと？』

「ん？　まぁ、そうだな……。特に深くは考えてないけど、酒蔵とか酒造だったら嬉しいかな」

俺のふんわりした答えに対し、方条はサラリと言う。

『紹介してあげよっか？』

「え？」

『日本酒造ってる会社』

「……。はぁ⁉」

まさかのまさか。

ビールが苦手、カルピスサワー大好きっ子からのまさかの提案に、思わずフリーズしてしまう。

11話：日本酒の中に真実あり

「マサト先輩、見て見て！　日本酒を使ったソフトクリームが売ってます！　さらには酒《さけ》粕《かす》を使ったプリンまで……！　これはカロリーを気にしてる場合ではありませんね～♪」

あっちに連れていかれたり。

「わぁ～……！　ステンドグラスより万華鏡《まんげきょう》かな？　色付き硝子《ビードロ》の酒器って綺麗《きれい》ですねー。一個買って帰ろっと♪」

こっちに引っ張られたり。

「蔵限定の生原酒!?　ど、どうしましょう、マサト先輩！　一升瓶はさすがに会社の冷蔵庫には入りませんよね！　とりあえず、試飲をいただく――、」

「少し落ち着け！　てか、打ち合わせ前から試飲しようとすんな！」

今現在、俺と伊波が来ているのはアミューズメントパーク。

――ではない。

俺らがいるのは酒蔵内にあるアンテナショップ。

自社で扱う日本酒は勿論《もちろん》、梅酒や酒粕、酒蔵のロゴが入った手ぬぐいやTシャツといったグッズなどなど。日本酒好きには嬉しい商品の数々が多数ラインアップされている。

その場で日本酒やスイーツを食べられるようにとバーカウンターのようなものがあったり、専用の酒瓶を買えば、スタッフさんが目の前でタンクに入った日本酒を注いでくれたり。ちょっとしたお祭り感も味わえるだけに、伊波のテンションが上がる気持ちも分からんでもない。

二人して試飲で貰《もら》った甘酒にほっこりしつつ、

「まさか、桜子《さくらこ》ちゃん経由で酒蔵を紹介されるなんてビックリですよね～」

「だな。予想外にも程があるわ。甘酒うめぇ」

美味《おい》しい酒に感謝。方条に感謝。

『紹介してあげよっか？』

方条の口から最初聞いたときは、理解が追い付かなかった。

けれど、話を聞けば聞くほど、「あぁ。成程な」と納得してしまう。

　ざっくり説明すると、元々の知り合いは方条ではなく方条の爺《じい》さん。

　注文住宅の完成時に用意する祝い酒なんかを業務提携してもらっており、年齢も近いことからプライベートでも親交のある仲なんだとか。方条は方条で孫のような扱いを受けていて、毎年お年玉を貰ってる間柄なんだとか。

「お前いつまでお年玉貰っとんねん」という気持ちはあるものの、それ以上に「横の繋がりってやっぱり大事だよなぁ」と改めて感じる。

「すいませーん！　遅れましたー！」

　大きな声が聞こえて振り向いてみれば、一人の男性が小走りで近づいてくる。

「徒木戸《ときど》酒蔵《しゅぞう》の盛下《もりした》さんですか？」

「そーです、そーです！　本日はどうぞよろしく！」

　ニコニコ笑顔のまま名刺交換に応じてくれるのは、取引相手の盛下さん。

　歳《とし》は40手前くらい？　スーツ姿に法被《はっぴ》というスタイルで、体格の良さと不精《ぶしょう》髭《ひげ》が相まって森のクマさん感が滲《にじ》み出ている。いかにも「酒を造ってます！」感が酒飲みとしてはグッときてしまったり。

　とはいえ、本日は酒飲みとしてではなく、営業マンとして来ているわけで。

「この度は貴重なお時間をいただき、ありがとうございます」

「ハハハ！　桜子ちゃんからの頼みとありゃ、断りゃせんですよ！」

　俺だけでなく、伊波もやはり興味津々《きょうみしんしん》。

「桜子ちゃん――、じゃなくて。桜子さんとは、長いお付き合いなんですか？」

「そりゃもう。桜子ちゃんが生まれる前から、方条工務店さんとは付き合いがあるからねー。なんなら桜子ちゃんと初めて会ったときなんて、俺はまだ大学生やってたくらいさ」

「「へ〜」」と俺らが口を揃《そろ》えれば、盛下さんはさらに豪快に笑う。

「さぁ。こんなところで立ち話なんかせんで、茶でも飲みながら話しましょう。酒が良ければ日本酒でも！」

「え！　いいんですか!?」

「アホ！　盛下さんのジョークだ！」

「おお？　商談兼飲み会しちゃうか〜？」

　伊波の呑兵衛《のんべえ》っぷりにもノってくれる盛下さんは、酒もジョークもいける口。

「マサト先輩っ、今日の商談は楽しくできそうですね！」

「おう。けど、雑談しにきたわけじゃないから、ちゃんと弁《わきま》えて行動するようにな」

「はーい♪」と返事する伊波は、日本酒に携われるチャンスがあるだけに、いつも以上に気持ちが高揚している。まぁ俺もだけど。

気分とモチベーションがバランス良く両立できている。後押しするように、盛下さんの人柄も良い。

肩肘張りすぎず、商談を頑張っていこう。

――と思ってる矢先だった。

「幸助《こうすけ》。ワシも参加するぞ」

「げ……。親父《おやじ》……」

快活明朗、あれだけ晴れやかだった盛下さんの表情が曇りがかる。

気まずげな沈黙が漂う中、俺と伊波は目を合わせて立ち尽くしてしまう。

そして、同じ感想を抱く。

「修羅場、……ですかね？」

伊波よ。ヒソヒソ声とはいえ、口に出すんじゃねぇ……。

※　※　※

杜氏《とうじ》。

日本酒の醸造工程を行う職人かつ、酒造りにおける最高責任者を指す。

酒の出来を左右するのは間違いなく杜氏。酒米や仕込み水などの質を見極め、分量や製法を細かに微調整することにより、伝統的な味わいを守っていく。

大学で醸造学を学んだ若い杜氏や、繊細な味覚を持つ女性杜氏など。昨今では化学や機械の進歩によってニューウェーブな杜氏も増えており、本当に様々な日本酒が市場には出回っている。非常にありがたい限りである。

とにもかくにも。

杜氏は酒蔵や酒造において、絶対に欠かせない人物というわけだ。

「——初めまして。徒木戸酒蔵の杜氏をしております、盛下巳之助《みのすけ》と申します」

「は、はじめまして！」「よろしくお願いしますっ」

ここの杜氏、超怖《こえ》ぇ……。

ポケモンでいうところの岩タイプ？　それよか鋼タイプ？

顔や手指の皺《しわ》が大樹の年輪を彷彿《ほうふつ》とさせ、歴戦の猛者《もさ》感を漂わせる。寡黙な佇《たたず》まい、しゃがれたハスキーボイスが、職人っぽさと仕置き人っぽさを両立させる。

商談部屋に案内されたはずが、「拷問部屋ですか……？」と聞きたくなるくらい。

杜氏は低く静かに口を開く。

「気軽に巳《み》っちゃんと呼んでくだせぇ。桜子からもそう呼ばれてるので」

あ……。この杜氏、絶対良い人……。

不思議なもんだ。あれだけ怖いと思っていた老人が、不愛想《ぶあいそ》面ながらに人懐《ひとなつ》っこいパグに思えてくるのだから。まさかの寡黙なツンデレタイプ。

新卒小娘の適応力恐るべし。

「――えっと。同じ姓ということは、盛下さんと巳っちゃんさんは親子なんですか？」

「そうなんですよ。親父は徒木戸酒蔵の現杜氏、俺は次代の杜氏ってわけだね」

急須に入った緑茶を淹《い》れてくれていた盛下さんが答えてくれれば、俺も伊波《いなみ》も「へ～」と二つ二つ頷《うなず》いてしまう。

そんな反応がいただけないのか。

杜氏もとい巳之助さんは、受け取ったばかりの熱々な茶を豪快にすすりつつ、

「……ふん。すっかり継ぐ気でいるが、ワシはまだ現役退く気はねぇけどな」

売り言葉に買い言葉。

「はんっ。このご時世、早期退職も珍しくねぇんだから。親父もさっさと隠居生活楽しめってんだ」

「あ～あ～。ワシも早く余生を楽しみたいんだけどなぁ。なんせ、跡継ぎの出来が悪くて安心して隠居できんのよ」

「仕方ねぇよ。出来が悪いのは教える側に問題あるんだから」

「…………。やんのかバカ息子」

「…………。やったろかアホ親父」

「「おぉん⁉」」

「二人とも落ち着いて！」「け、喧嘩《けんか》はダメ～～ッ！」

Ｂｒｅａｋｉｎｇ Ｄｏｗｎ勃発。両隣の二人が喧嘩をおっ始めれば、俺と伊波は大慌てで割って入る。

仲裁しようとも親子の鼻息は増すばかりで、

「いつまでも『古きよき』だの『伝統を守れ』だの！　時代に合わせようとしない芋経営してる親父には、ガツンと言わなきゃ分からんのですよ！　今こそ改革のときだって！」

「か・い・か・く、だぁ～？　テメェのやってることは全部ペラッペラで浅はかなんでい！　後先考えず、真新しいもんに飛びつきすぎなんでい！　この信長《のぶなが》気取りのド貧民があ！」

「ド貧民だからこそ下剋上《げこくじょう》するんだろが！　そもそも！　桜子ちゃんから先に連絡貰ったのは俺だってての！　二番手の親父はすっこんどけ！」

「一分二分の違いでチマチマと……。桜子は美味しいものを最後まで残すタイプじゃい！

この前も餡蜜《あんみつ》のさくらんぼを最後に食べてたわい！　餡蜜の豆は黙っとれ！」

「いーや！　桜子ちゃんは好きなものを先に食べる派！　海鮮丼のウニから食ってたし！」

「いーや！　桜子の大好物は大きなボタンエビ！　よってお前が二番目ぇ～！」

「ぐぬぬぬ～～～！」

「あの……。方条《ほうじょう》の好物は今関係ないんじゃ──、」

「部外者はすっこんどけい！」

「……さーせん」

何このオッサンたち。どんだけ方条好きなんだよ……。

五十歩百歩、どんぐりの背比べ。

みみっちい話だし、目くそ鼻くそが一番しっくりな気がする。

殺伐とした雰囲気漂う中、伊波が勇気を振り絞って声を出す。

「あ、あの！」

「巳っちゃんさんは、徒木戸酒蔵で広告を出すことには反対なのでしょうか？」

端的かつ率直な問いに対し、巳之助さんは落ち着きを取り戻したのか。

クールダウンするかのように一息つくと、不精髭をさすりつつ、

「いや。ワシとしても興味はあります」

興味〝は〟。

含みある発言だが、ごもっともだと思う。

「倅《せがれ》のように、何でもかんでも取り入れようとするのは反対ってだけです。満足のいく成果を上げることができるなら、よきものはどんどん取り入れるべきだとは思っています」

営業する側は、直《す》ぐに判を押してくれる相手のほうがありがたい。しかし、営業される側が慎重になるのは至極当然のことだ。

ピンキリではあるが、決して安い買い物ではない。今後付き合っていくかもしれない相手を即決するなんて難しい。

「親父、俺だって――、」

冷静さを取り戻した盛下さんも反論しようとするが、巳之助さんは言葉を続ける。

「ワシの頭が固かったり、昔気質《むかしかたぎ》な人間なのも分かってます。けどです。先祖代々受け継いできた酒蔵をワシらの代で潰すわけにはいかんのです」

意思を表明するかのように。巳之助さんはテーブル隅に置いていた酒瓶を自身のもとへと手繰り寄せる。

酒の名を剛毅《ごうき》。

瓶に貼られたラベルには極太で力強い文字が刻印され、名に相応《ふさわ》しい筋骨隆々の鬼が仁王立つイラストが描かれている。

巳之助さんの俺らを見つめる目力は凄《すさ》まじく、鬼のイラストにも負けず劣らず。

かなりの迫力があって恐怖さえ覚える。

けれど、恐怖以上に『カッコいい人だな』と思えた。

自分が代表する酒蔵を本気で守ろうとしているし、日本酒造りに生涯をかけていることが容易に窺《うかが》えてしまう。

しがない会社の一端である俺は、自社のために骨を埋《うず》める覚悟なんて持てない。転職を夢見るどころか、「こんな会社潰れちまえ」と度々愚痴ってしまう。

誇りを持って働き、美味《おい》しいと言ってくれる人々のために酒を造り続ける。

昔気質というより職人気質。先代たちの想《おも》いを背負い続けているからこそ、一つ一つの言葉の重みが違う。

想いや重みを想像しかできない俺や伊波は口をつぐむ。

一世代分の差はやはり大きいようで、あれだけ声を荒らげていた盛下《もりした》さんさえ、すっかり静かになっていた。

「それでどうなんだい？」

一層と眼光鋭く。

「そちらさんに広告を依頼すれば、ウチの酒蔵を繁栄させることはできるのかい?」

巳之助さん、ラベルに貼られた鬼にさえ問われている気がした。

感じる視線は強い視線以外にもある。隣に座る伊波は不安たっぷりな表情で俺をジッ、と見つめている。「どうしましょう……」といったところか。

伊波は新卒だが、俺は社畜歴5年目。「奇遇だな。俺もお手上げです」というわけにはいかない。

まだまだ最前線で働く営業マンだと証明すべく。後輩に先輩の生き様をみせるべく。

殺伐とした雰囲気を受け流すように、朗らかな笑みを浮かべる。

そして、ハッキリ告げる。

「さーせん。分からないです」

「マサト先輩!?」「「ああん!?」」

皆さん、そんなに驚かなくても。だって分かんねーもんは分かんねーし。

とはいえ、自分でもアホすぎる返答なのは分かってる。

「ぶっちゃけた話、酒蔵の会社さんとはお仕事をしたことがないので、予測が立てづらいんです」

めちゃくちゃ反響があって、大勢の人が徒木戸酒蔵《ときどしゅぞう》に興味を持ってくれるかもしれない。

逆に全く見向きもされず、広告費用に見合った利益を出せずに大損するかもしれない。

取引したことのある業種でさえ、予測通りにいかないことだって多々ある。

「大手の代理店に頼んだほうが成果を上げやすいですし、ウチよりも費用が安かったり、色々なオプションやサービスが用意されている代理店なんかもあります」

取引相手にこんなバカ正直なことを打ち明けるなんてデメリットしかない。賢い営業マンならば、自社の強みは大きくアピールして、自社の弱みはできる限り隠すもんだ。

生憎《あいにく》、ウチの会社の強みなど皆無に等しい。悲しいことに弱みだけは両手から零《こぼ》れ落ちるほどにある。

「──そんじゃあ、」

怒りか呆《あき》れか。巳之助さんの感情は定《さだ》かではない。

「そちらさんの会社に頼むメリットは殆《ほとん》どないってことですかい？」

「広告の質だけで比べると低いとは思います」

「ほう……。まるで、他に比べるものがある言い方ですな」

さすがは経営トップ。俺の含みある言い方にも即気付いてくれる。

出し惜しみはナシ。

「へ？　マサト先輩？」

隣で耳を傾けていた伊波へと視線を送れば、キョトンと首を傾《かし》げる。

気分は、『いけ。最終兵器新卒ちゃん』。

「日本酒好き視点なら、どこの広告会社にも負けない自信があります」

「わ、私ですか⁉」

伊波の両肩をワシッと摑《つか》んでアピールすれば、当の本人はビックリ仰天な反応を示す。

日本酒好き視点。それすなわち、一般ユーザー視点。

論より証拠だろう。

「盛下さん、お酒をやっぱり頂いてもいいですか？」

「え？　あっ。もちろんですよ！」

試飲用にと持ってきてくれていた紙コップを盛下さんから受け取る。

すると、察してくれた巳之助《みのすけ》さんが手元に置いていた剛毅《ごうき》を注いでくれる。

まるで手品ショーでも始まるような注目が集まる中、伊波へとGOサイン。

「ほら伊波。いつもどおりクイッといけ」

「いつもどおりって。私が毎回がっついてるみたいじゃないですか」

がっついてはないけど、毎回前のめりじゃねーか。

小言を言う伊波《いなみ》なものの、目の前に出された日本酒を拒むわけがなく。

「では、お言葉に甘えまして」

凜《りん》と姿勢を正すと、伊波は生産者である二人へと一礼。

表情は真剣そのもの。少しあどけないながらも整った顔立ちから目を離せない。

一つ一つの所作は、まるで茶道のような気品や優美さを併せ持つ。紙コップを両手で丁寧に持ち上げ、ゆっくり、ゆっくりと日本酒を口に含む。

そして、静かに喉を鳴らし終え、

「くはぁ〜〜♪　やっぱり美味しいですね〜♪」

サヨウナラ、上品なお嬢さん。

コンニチワ、酒飲みガール。

不安や緊張を吹っ飛ばし、全身を大きく揺らして溢《あふ》れ出る喜びを表現し続ける。

うっとり破顔する表情を目の当《ま》たりにすれば、巳之助さんたちも驚きを隠せない。

「お、お嬢ちゃん。美味そうに飲んでくれるね」

「いえいえっ。美味そうじゃなくて、美味しいんですよ♪」

もう遠慮する必要もないと、伊波は二口目を堪能《たんのう》した後、

「剛毅の無戸過生原酒《むろかなまげんしゅ》って『コレぞ漢《おとこ》の酒！』っていうくらい力強い辛口ですよね！　口に含むとお米の旨味《うまみ》がブワッと広がって、シュワッとした微炭酸のおかげで飲み込んだ後も幸せが続いちゃって！」

「そう、……ですかい」

「ですですっ。だから大好きなんです♪」

年頃女子の大絶賛に、巳之助さんはただただ圧倒される。

取引先の商品やサービスなどを前もって調べておくのは、営業マンとして欠かせない仕事の一つだろう。

しかし、今回の取引に関しては仕事をする手間は殆どなかった。

「実はですね。俺も伊波も徒木戸酒蔵さんの日本酒を普段からよく飲ませてもらってるんですよ。馴染《なじ》みの居酒屋に剛毅が常に置いているので」

嘘《うそ》ではないことを証明するのは簡単だ。

伊波も分かっているようで、ポケットから取り出したスマホを手早く操作し終え、二人のほうへと笑顔で差し出す。

「「これは……」」と親子仲良く口を揃《そろ》える。

それもそのはず。ディスプレイに表示されるのは、徒木戸酒蔵の銘柄ごとの味や香りなどを丁寧に記したリスト。

そう。伊波が趣味でやってる、初めて飲んだ日本酒の感想をまとめたメモ帳、テイスティングノートである。

「えへへ。私、美味しい日本酒との出会いを忘れないように、いつもメモしてるんですよ」

「こんなにウチの酒を……！」と目を丸くする盛下さんは、さらに驚くものを発見したようだ。

「えっ！　ROOKも飲んでくれてるんですか⁉」

「はいっ。新作もバッチリいただいちゃいました♪」

ふんすっ、と両手をしっかり握り締める伊波は、やはり生粋《きっすい》の日本酒好き。

以前飲んだ新作の味を思い出して、またしてもうっとり。

「ROOKは飲み口がスルリと柔らかくて、白ワインみたいなフルーティーな香りが女性ウケばっちりなお酒ですよね。日本酒入門の方や、苦手って人にオススメしたい日本酒1位ですっ」

「っ……！　感極まって泣きそうでさぁ……！」

目頭を熱くする盛下さんを見れば、いかに新作の日本酒へ心血を注いでいるのか分かる。

同時に確信してしまう。

「やっぱり、ROOKは盛下さん主体で造った酒なんですね」

「！　どうして分かったんですか？」

「今の嬉《うれ》しそうな反応見てたら分かりますよ。それに、盛下さんが徒木戸酒蔵で何を伝えたいかがROOKの味から伝わってきますし」

盛下さんが新しいものを率先して取り入れる理由。

「伊波の感想どおり、若い子や敬遠している人たちでも気軽に飲める日本酒造りを目指してるんですよね？」

「……ははは。そこまでピッタリ当てられると、恥ずかしくなっちゃうな」

照れまじりに鼻をかく盛下さんだが、やはり一番の感情は嬉しいなのだろう。でなければ、ココまで頬を緩ませるわけがない。

剛毅を造る巳之助さんの想いも言わずもがな。

「俺が剛毅の味で一番感じるのは『安心』だと思うんです」

「安心、ですかい？」

「はい。日本酒って他の酒に比べて特に味のバラつきが出ると聞きますけど、剛毅はいつ飲んでも『そうそう、この味だな』って」

「……」

黙する巳之助さんだが分かりやすい。息子同様に鼻をかくから。

安心を提供し続ける。それって、伝統を継承し続けるということだ。

剛毅は伝統。ＲＯＯＫは開拓。

それぞれにそれぞれの良さがある。どちらの酒にも二人の想《おも》いが込められている。

伊波も分かっているからこそ、笑みをこぼす。

「お酒や料理、音楽や小説とか。生産者やクリエイターの方々の想いを知った上で嗜《たしな》むのって、それだけで気持ちが舞い上がっちゃいますよね」

「ははっ。すげー分かるわ。プラシーボ効果かもしれないけど、深みが増してる気がするんだよな」

談義を交わしつつ、俺と伊波は我慢できずに、ついつい日本酒を飲んでしまう。

「……うん、やっぱり美味《うま》い」「くはぁ～。美味《おい》しいなぁ♪」

ただの酒飲みである。

いつまでも余韻に浸っていたい。けれど、今日は酒を飲みに来たわけではない。

頼みに来たのだ。

「──というわけです。確実に徒木戸酒蔵さんを繁栄させる保証はできません。ですが、いち酒好きとして徒木戸酒蔵さんに尽力できればと思っております」

「ですっ！　私たちにも徒木戸酒蔵さんのお酒を沢山の方々に広めるお手伝いをさせてください！」

俺と伊波が「「よろしくお願いします」」と同時に頭を下げる。

言いたいことは全部言い切った。なんなら余計な裏話も多少言ってしまった気もする。

まぁ、酒の勢いってことにしておこう。


「……くくく。ガ〜〜〜ハッハッハッ！」


力強くも大爆笑する声に、思わず顔を上げてしまう。

親子喧嘩《げんか》は演技？　そんな考えが浮かんでしまうくらい、巳之助さんと盛下《もりした》さんが意気投合してハイテンション。

「いや〜〜〜、気に入った！　幸助《こうすけ》、印鑑持ってこい！」

「おう！　ついでにウチにある銘柄も色々持ってくるわ！」

「そりゃあ名案だ！　今朝搾ったばかりの袋吊《づ》りも忘れずにな！」

「あいよー」と盛下さんは返事しつつ、軽やかな足取りで部屋を後にする。

圧倒的な劇的ビフォーアフターに肩透かしを食らう俺たち。

「えっと……。契約してくださるん、ですか……？」

「勿論《もちろん》ですとも。ウチの酒をこんなに熱く語ってくれたんだ。心が動いちまうに決まってるじゃねえですか」

巳之助さんは、ニカッ！　とえくぼができるくらいの表情で手を差し出す。

「どうか、徒木戸《ときど》酒蔵《しゅぞう》をよろしくお願いします」

「はい！　こちらこそよろしくお願いします！」

差し出された手を握れば、職人のゴツゴツした手が力強くも握り返してくれる。

嬉しさと同時に、「方条《ほうじょう》と契約したときと似てるな」なんて考えてもしまう。

アイツも即決で気持ち良く契約してくれたけど、爺《じい》さんや巳之助さんたちの影響を受けてるからなんだろうな。

方条のことを考えているのは俺だけではないようで、

「ガハハ！　桜子《さくらこ》の喜ぶ顔も目に浮かびますわ！」

「あはは……」

結局、行きつく先は方条なんだよなぁ、この人たち。

「えへへ〜♪　搾りたての日本酒楽しみだなぁ〜♪」

伊波よ。お前の行きつく先は日本酒なんだな。

瞳を爛々《らんらん》と輝かせていた伊波が、さらに瞳を輝かせる。「お待ちどお！」と酒瓶を握り締めた盛下さんが帰ってきたから。

「さぁ！　契約記念にパーッと乾杯しましょうか！　乾杯の音頭《おんど》は伊波さん、よろしくお願いします！」

「任されました♪」

伊波は敬礼した後、手際《てぎわ》よく全員分のコップへと日本酒を注いでいく。

そして、

「ではでは皆さん、コップはお持ちになられたでしょうか！　行きますよ〜〜？　徒木戸酒蔵さんとアドキャットの新しい契約を祝って、せ〜の！　かんぱ〜〜〜い♪」

フレッシュな新卒女子の音頭に、野郎三人も「「「乾杯！」」」とついついテンションを上げてしまう。

花より団子っていうけど、どっちも捨てがたいくらい最高のときは、どっちも満喫しようではないか。

※　※　※

無事、契約を終えた帰り道。

「あぁ……。幸せな時間だったなぁ♪」

「お前。放っておいたら何杯でも飲んじゃいそうな勢いだったな」

「勤務中なことくらい覚えてますよ。名残惜しくも三杯に留《とど》めましたしっ」

褒めて褒めてとすり寄ってくる伊波《いなみ》なものの、三杯は適量じゃねーから。

「あ」

「うん？　どうした伊波」

伊波は何やら思い出したようだ。

そのまま、不満を表すようにジト目になると、

「私を見つつ、『日本酒好き視点なら、どこの広告会社にも負けない自信があります』は、さすがに言いすぎでは？」

「…………。あ～」

契約直前、巳之助《みのすけ》さんに言ったセリフか。

「あ～、じゃないですよ！　プレッシャーと責任の重さ、とんでもなかったんですから

ね！」

擬音はプンスカ。伊波が分かりやすく頬を膨らまして、俺の二の腕に飛びついてくる。

「うおう⁉　何で飛びついてくんだよ！」

「これくらい重かったんだぞ〜、という意味を込めてです！　あと、シンプルに甘えん坊したいなぁと！」

クレームと欲望を同時に処理しようとするとか……！

というか、二の腕に感じるのは重みより、柔らかさのが鮮明に伝わってくるんですけど。

恥ずかしさ紛れに、声を大にしてしまう。

「〜〜っ！　いやいや！　全く言いすぎじゃねーって！」

「ずばり、その心は？」

「お前が誰よりも酒を美味そうに飲むのを知ってるからだよ！」

「……。へっ？」

呆気《あっけ》に取られる伊波に言ってやる。

「そりゃ広告会社なんだから広告で勝負すべきだし、酒の知識とか飲んだ銘柄の数とかならガチ勢には勝てねーけどさ。——でも、そういう人らと比べても、伊波なら勝てると思ったんだ」

若者の日本酒離れが進んでる昨今。にも拘《かか》わらず、日本酒を愛して止《や》まない伊波の存在は、絶対になくてはならない存在だと本気で思った結果である。

繰り返す。俺は知っている。

日本酒を一口に飲んだ瞬間、元気いっぱい、愛嬌《あいきょう》たっぷりの笑顔になる新卒の姿を。

天真爛漫《てんしんらんまん》な後輩が注いでくれる酒には、これでもかと幸せが詰められている。「明日からも頑張っていこう」「理不尽なクレームなんてどうでもいい」と癒《いや》しを与えてくれることを。

新卒や後輩ってだけじゃない。

「えっと、だからその……。適任者なんだから、もっと自信持ってって」

伊波の顔が赤いのは夕焼けだからか。それとも、ほろ酔いだからか。

「……出ましたね。マサト先輩の天然女たらしが」

「あん⁉　誰が天然――、」

「感謝のギュ～～～♪」

「あｄｓｖｃｋまｓｖｄｘ～～～！」

嬉しさを爆発させる伊波と、恥ずかしさを爆発させる俺。

そりゃ嬉しさも爆発させてるけども。

自分としては思い切りすぎた発言だっただけに、その見返りが恥ずかしいのなんの。

「えへへ♪　好きな人に認められるのって、やっぱり嬉《うれ》しいものですね！」

「お、おう……」

〝認めるのも嬉しいんだぞ〟

これをサラッと言えるほど、人間出来ておらず。

——というか、イチャイチャのインパクトが凄《すご》すぎて何も考えられない。

12話：愛すべき、かまって新卒ちゃん

師走《しわす》。

普段は落ち着いている僧侶でさえ、走り回るくらい忙しい十二月。

というのが語源なんだとか。

坊さんだって毎月忙しいのは重々承知。けれど、現代社会ではサラリーマンでたとえたほうがしっくりくる気がするのは俺だけだろうか。

改名するとすれば、サラリーマン走。

もっとピンポイントに突くのなら、社畜走。

普段から死にそうになってる社畜リーマンでさえ、ゾンビになるくらい忙しい十二月。

うん……。

しっくりきすぎて、師走のが絶対良い。

※　※　※

「かんぱーい♪」

「おう。乾杯」

俺と伊波。今日も今日とて、こってり残業を終えた真夜中。

普段であれば、居酒屋で飲んで帰るのが恒例行事であるが、本日は会社の休憩スペースにて宴《うたげ》を楽しんでいる。

テーブルには一升瓶の日本酒、コンビニで買ってきた総菜やおでん、おつまみなどなど。

俺と伊波の二人きりだからこそできる芸当といえよう。

『会社で飲む？　それってアリなの？』と聞かれればノーコメント。

俺だって良い大人だし善悪の区別くらいできる。とはいえ、良い大人でもちょっとヤンチャしたいときだってあるのだ。見逃してください。

それに生粋の酒好き故、一刻も早く飲みたかった。

「う〜ん♪　さすが徒木戸酒蔵さんのＲＯＯＫですね〜。クセがなくてスルスルいっちゃいます♪」

「大吟醸美味《うま》っ⁉　俺、剛毅《ごうき》の最上位シリーズ初めて飲んだけどスゲェわ。巳之助さん渾《こん》身《しん》の一作なのが伝わってくる……！」

二人して、うっとり余韻に浸りつつ呟《つぶや》く。

「お歳暮あざす……」「お歳暮ありがたいですねぇ♪」

まさに、神様・仏様・徒木戸酒蔵《ときどしゅぞう》様。

十二月も半ばを迎え、俺宛てに盛下《もりした》さんや巳之助さんたちがお歳暮を贈ってくれたのだ。

会社に届いた段ボール箱を開けてビックリ。徒木戸酒蔵の定番ラインアップから、冬限定や蔵限定、最上位シリーズがギッシリ。

徒木戸酒蔵のある方角へ足を向けて寝れないくらいの日本酒の数々に、思わず合掌してしまうくらいのサプライズである。

社畜あるある。

死ぬほど忙しいときほど、人の優しさ身に染《し》みがち。

「こんなにもお酒を貰《もら》っちゃって良かったのでしょうか？　私たち、巳《み》っちゃんさんたちに入浴剤セットしか送ってないのに」

「だよなぁ。と言っても、ウチのお歳暮予算は３０００円だし。——まぁ、1万円が予算だとしても全然足りないけども……」

うん、うん、と互いに罪悪感を抱きつつ、日本酒をチビり。

「あぁ美味《うめ》え」「あ～美味《おい》しい♪」

申し訳なさも然《さ》ることながら、日本酒の美味さに頬を緩ませる俺たちは、どうしようもなく呑兵衛《のんべえ》。

「まぁなんだ。巳之助さんや盛下さんも、それだけアドキャットに期待してくれてるってことだ。俺たちの感謝は、徒木戸酒蔵の売り上げ貢献で返していこうぜ」

「ですね！　徒木戸酒蔵さんの美味しいお酒、じゃんじゃん広めていきましょう！」

ブラックな自社のためには程々にしか頑張れないが、お世話になってる取引先のためならばいくらでも頑張れる。

「今は英気を養うとき！」と、伊波はプチ忘年会をエンジョイする気満々。

おでんのたまごを一口食べると、これまたうっとりと至福の表情に。

「うんうん。私、お出汁《だし》がたっぷり染み込んだ、たまごが大好物なんですよね～。コンビニで買うときは入れたてより、色の濃いたまごを選んじゃいます」

「全面同意だけどさ。お前ってお嬢さんなのに、ド庶民みたいなこと時々言うよな……」

「呆《あき》れるマサト先輩に隙アリ！」

「あ！　俺の酒！」

俺のクレームも何のその。シュバッ！　と俺の紙コップへと手を伸ばした伊波《いなみ》が、そのままゴチになります。

最上位シリーズの日本酒に感動しているのか。

はたまた、おでんとのコラボが至高なのか。

それとも？

「えへへ。幸せな味です♪」

「お、おう……」

へにゃ～、と人懐《ひとなつ》っこい笑み。さらには火の玉ド直球なセリフを言われてしまえば、怒るよりも照れを隠すことで精一杯になる。

伊波は日本酒の入った紙コップと自分の唇を交互に指さしつつ、

「マサト先輩も間接チュッチュします？」

「～～っ！　おかわりしづらい言い方すんじゃねえ！」

「や～ん、先輩が怒った～♪」

泣《な》きっ面《つら》に蜂もとい、照れっ面に小娘。

照れで赤くなったのは最初だけ。

途中からは美味《うま》い酒によって赤くなっていく。

「熱燗《あつかん》できましたよ〜」

電子レンジであっという間に出来上がり。「あちち」と耐熱グラスに入った熱燗を伊波が持ってきてくれる。

言うが早いか、飲むが早いか。

熱燗の美味さに文字通り酔いしれる。

「不思議だよなぁ。温めただけで、また違った味を楽しめるんだから」

「力強い味わいがブワッ！　と広がるのに、飲み込んだ時にはスッ……って穏やかに引いていくんですよねぇ」

湯を張った鍋などに酒の入った徳利《とっくり》を温めて飲むのが、熱燗の正攻法な作り方だろう。ゆっくり温めるから香りも飛ばないし、酒の味わいも柔らかくなる。

とはいえ、電子レンジのお手軽さも捨て難《がた》いわけで。

邪道でもいいじゃないか。レンチンしたっていいし、梅干しやレモンを入れたっていい。炭酸水で割ってハイボールにしたっていい。

酒に作法はないのだ。自分が思うベストな飲み方をすればＯＫ。

「はぁぁぁ。心も身体《からだ》もポカポカ〜〜♪」

見よ、新卒小娘のうっとり笑顔を。

この大満足げな表情を見てしまえば、大正解と言わざるを得ない。異論は認めん。

「マサト先輩にインタビュー！」

「え」

酔って上機嫌になった伊波が、マイク代わりに一升瓶の注ぎ口を近づけてくる。

「ずばり、今年一年を振り返ってみていかがでしたか？」

「いや、まだ早いだろ——、って言おうとしたけど、今年もあと2週間ちょいか」

「ですです。もういくつ寝るとお正月です」

「振り返ってみて、か……」

社会人になって、一日一日の経過がとんでもなく早くなった気がする。

中でも今年は特にあっという間だった。

「まーそうだな。色々と詰め込まれた一年だったかな」

「と、言いますと？」

「伊波の教育係したり、初めてコンペが受かったり、破天荒なクソガキや高校時代の旧友とエンカウントしたり。夢だと言いつつ、こんなに早く酒蔵の人たちと仕事できるようになるなんて思ってもみなかったし」

思い出話を肴《さかな》に酒を進めていると、伊波がまるで自分のことのようにニコニコと頬を緩める。

当然、俺の記憶だ。

——けど、

「どの思い出も、昨日のことのように思い出せちゃいますよね」

「おう」

今、口にした振り返りには、必ず隣に伊波がいた。

教育係から始まり、教育係に終わると言っても過言ではない。

仕事やマナーを教えたり、一緒に営業回りしたり、毎日のように飲みに行ったり。

いたというより、いてくれたときだってある。

残業しているとエナドリや夜食を買ってきてくれたり、繁忙期には率先して手伝ってくれたり。「先輩の栄養面が心配です」と弁当を作ってくれることさえも。

世話をしていると思っていた。しかし、その気持ち以上に、伊波がいてくれたからこそ頑張ってこれた自分もいた。

過去形ではなく、進行形で救われているんだよな。

「来年もビシバシ教育お願いしますね！」

「任せとけ。……と言いつつ、来年の伊波は新卒じゃないからな。単独での仕事が多くなるんじゃないか？」

「やーん、もっと一緒にいてくださいー！」

「こ、事ある毎《ごと》にくっつくな！」

まだまだというより、いつまで経《た》っても甘えん坊。インタビューしてる場合ではないと、わざわざ回り込んで抱き着いてくる。

「私は永遠の新卒ですっ。というわけですので、マサト先輩は必須なんです」

「痛いアイドルかお前は……」

「暖房の節約もできて、マサト先輩にも甘えられる。ああ、なんて素晴らしい一石二鳥なんでしょうか♪」

悲報。後輩にカイロ代わりにされる。

代わりといいつつ、コチラの恩恵も凄《すさ》まじき。伊波の高めな体温、シャボン系の良い匂い、耳元や首筋を刺激する吐息。

何よりも、お構いなしに当たりまくる柔らかい感触……！

鎮《しず》まれ煩悩《ぼんのう》と一つ咳払《せきばら》い。隣の空いた席へと避難して、向かい合いから隣り合いの席へシフトチェンジ。

「かくいう、伊波はどうなんだ？　社会人1年目の感想は」

『その質問、待ってました』と言わんばかり。

「ほぼほぼマサト先輩と以下同文です。——ですが、」

伊波は笑みを絶やさずに俺の目を見つめつつ、

「やっぱり一番の感想は、『大好きだった人とお酒を飲めるようになって幸せ』ですかね」

「っ！　……そ、そうか」

「そうなんです♪」

対象の人物が俺なことくらい分かってる。

分かってるからこそ、心臓がどうしようもなく高まってしまう。

「ったく。コッチまで照れるようなこと堂々と言いやがって……」

「まったく。どこの先輩に似たんですかねー？」

「やかましいわ」と軽く小突けば、伊波は楽し気にクスクス笑う。

「てかさ」

「はいです？」

「その、さ……。過去形なのが、ほんのり気になったんだけど」

大好き〝だった〟。

ぶっちゃけた話。ほんのりどころか、だいぶ気になってます。

女心は秋の空と言うし。後輩&異性として扱う二刀流の難しさに悩んでいる間に、飽きられたなんて可能性もあるわけで。

自分の発した言葉を思い出してくれたようだ。伊波は、「あ〜」と口を開くとゆっくり何度も頷《うなず》きつつ、

「確かに過去形チックな言い方になっちゃってますね。となれば、安心してください！私、現在進行形でマサト先輩LOVEなので♪」

両方の親指と人差し指でハートを作り、Wキュンですポーズで証明してくる。

安堵《あんど》とか、「ちょっと可愛《かわい》いなチクショウ」とか思う反面、

「？？？　何ですか、その私を疑う視線は」

顔に出やすい故、思わず伊波へジト目を送ってしまう。

「そんなに信用できないなら、チューで証明しましょうか？」

「両手広げんでいいわ。そうじゃなくて！」

「そうじゃなくて？」

「伊波って、俺に何か隠し続けてるよな？」

今年の汚れは今年のうちにと誰かが言ったように。

今年の気になることは今年のうちに。

「だってさ。こっちが違和感覚えて質問した時、なんか一人だけ納得してはぐらかすことチラホラあるし。鈍い俺でも分かるぞ」

俺の言葉に対し、伊波は不平不満ありまくりなのが丸分かり。俺のジト目以上にパッチリした瞳を半眼にし、おまけに唇を尖《とが》らせる。

「隠してるんじゃなくて、忘れてるだけですよ」

「忘れてるだけって。……まぁ、前科があるから否定できないけども」

記憶力は人並みにあると思う。

しかし、それは平常時の話。

酷《ひど》く泥酔《でいすい》したときは記憶がぶっ飛んでしまう。朝起きたら、伊波と一緒のベッドで寝てたなんてこともあった。

笑えない指摘なだけに、日本酒ではなく水の入ったコップを傾けてしまう。

肝と言うより肝臓を冷やしているときだった。

「覚えてませんか?」

「うん? 何をだ?」

「5年前の夏、一緒にカラオケで歌ったこと」

「……………は？」

唐突な問いに、そりゃ混乱するに決まってる。

伊波《いなみ》とカラオケ飲みを決め込んだことは何度かある。

けどだ。指定された期間が明らかにおかしい。

「5年前って……。そんな昔だと、お前まだ大学生どころか高校生やってるくらいだろ」

「覚えてませんか？　ナンパされてる女子高生を助けたのを」

「ナンパされてる女子高生を……」

覚えているか否《いな》か。

答えは、覚えている。

年がら年中、正義を振りかざしているわけではない。ましてやピンポイントすぎる問いであれば思い出すのも容易《たやす》い。

一つ、二つのヒントが、鈍い俺の脳内へと染《し》み渡っていく。

染み渡れば染み渡るほど、あのとき一緒にいた女子高生との何気ない会話や、カラオケでドンチャン騒ぎした記憶が蘇《よみがえ》っていく。

もう5年も前の話。にも拘《かか》わらず、脳内再生余裕なのは、余りにも衝撃的な一日だったから？　未成年淫行のピンチだったから？　短いながら楽しい時間を過ごせたから？

全部当てはまるだろう。

しかし、一番の理由は分かってる。

あまりにも、『似すぎている』から。

「お前まさか……！」

俺が言うよりも先。

伊波は柔和《にゅうわ》な笑みを浮かべつつ言うのだ。

「覚えてませんか？　自暴自棄になった私をお兄さんが叱ってくれたのを」

「はぁぁぁ⁉」

プチ忘年会どころじゃない爆弾発言。

酔いもぶっ飛ぶし、何なら椅子から立ち上がってしまう。

「伊波があのときの女子高生なのか⁉」

「えへへ。どもです、あのときの女子高生です」

「照れとる場合か」とツッコむ余裕がない。

「で、ででででも！　あのときはタメ口だったし、髪の長さも色も全然違う——って、５年も昔なんだから変わって当然か……。〜〜〜っ！　というか、まさか過ぎんだろ！　人生で一番ビックリしてるわ！」

「あはは……。ビックリされるのは分かりますが、そう取り乱されると、私まで恥ずかしくなっちゃいますね」

「いやいやいや！　俺のが比にならないくらい恥ずかしいからな⁉」

助けた女子高生＝かまって新卒ちゃん＝伊波渚《なぎさ》

点と点が繋《つな》がれば、謎が全て解ければ、スッキリ以上に羞恥心が込み上げてくる。

夏の始まり。ホテル前での「約束したくせに」という言葉の真意。

夏本番。「誰のせいでずっと処女のままだと思ってるんですか！」と吠《ほ》えられた理由。

秋と冬の狭間《はざま》。「その人のおかげで、私は変わることができたんですっ」と目の前で嬉々《きき》としていたワケ。

そして、根底となる女子高生時代の伊波の言葉。

大人になったときは、私の初めて貰《もら》ってね？

「ぐわぁぁ〜〜っ！」

「マサト先輩⁉」

伊波の健気《けなげ》さ、献身、ピュアさに大悶絶《もんぜつ》。ちょっと冷めた熱燗《あつかん》でさえ、沸騰できそうなくらい顔や全身が熱くなってしまう。

約束ではなく一方的な発言だった。

何なら、大人をからかうためのセリフとさえ思っていた。

とんでもネタバレに大混乱する俺を、伊波は落ち着かせるように、なだめるように。

「正直に言うと、この事はお墓まで持っていっていいと思ってました」

「じゃあ何で今になって教えてくれたんだ？」

俺からのシンプルな問いに、伊波はテーブルへとゆっくり両肘を突く。

そのまま、左右の手でにこやかな頰を支えつつ、

「〝今になって〟じゃないですよ」

「え？」

「〝今だからこそ〟教えたんです」

まるで童心に返ったような伊波の表情、真《ま》っ直《す》ぐすぎる言葉に、思わず目を見開いてしまう。心臓の鼓動が速くなってしまう。

過去の伊波と、現在の伊波が重なった気がした。

またしても点と点が繋がれば、納得のいく答えがストンと胸に届いてくれる。

「――そっか」

一方的でも、勘違いでも、思い上がりでもない。

一年間、一緒に苦楽を共にしたからこそ、互いに関係を深め合うことができたからこそ、伊波は教えてくれたのだろう。

「成程……。しっくりした答えな気がする」

「えへへ♪　しっくりされて何よりです」

教えてもらった俺より、教えた伊波のほうが晴れやかスマイル。

そんな笑顔に救われてばかりもいられない。

「そのさ。悪かったな」

「え？」

「俺、お前があのときの子だって全然気付かなかったから」

想定外過ぎたとはいえど。

こんなにも伊波が、俺のことを昔から想《おも》い続けてくれていたのだ。申し訳なさを感じずにはいられない。

伊波は大きく首を横に振る。

「いえいえ。たった1時間くらいの出会いでしたから。マサト先輩が罪悪感を覚える必要は全くありませんよ」

「1時間、か……。もっと長かった気がするけど、あの時ってそれくらいしか一緒にいなかったんだな」

「本当はもっと一緒にいたかったんですよ？　でも、マサト先輩が『未成年は22時以降ダメ』って言うから」

「それは社会的ルールだから俺のせいじゃねーだろ」

「え？　社会的ルールがなければ、私ともっといてくれたってことですか？」

「揚げ足取るんじゃねえ」

肩を揺らして微笑《ほほえ》む伊波は、すっかり俺を弄《いじ》るスキルを入手してしまっている。

「たった1時間。――ですが、あの1時間が私を変えてくれました」

思い出すように、愛おしそうに。

「何年もの悩みをマサト先輩が一瞬で晴らしてくれたんです。親の敷いたレールを歩くことが正解だって言い聞かせていた私に、別世界に飛び出す勇気をくれたんです」

「伊波……」

「本当にありがとうございます。私、元気いっぱいに育ちました」

ここまで感謝されるような経験がないだけに、気恥ずかしかったり、嬉《うれ》しさで頬が緩みそうになったり。

大袈裟《おおげさ》かもしれない。それでも、人生の生き方をアドバイスしたって意味では、俺の初めての後輩って伊波だったのかもな。

そんな伊波が、俺の肩へと寄りかかってくる。

「良かったです。自分の想いを打ち明けることができて」

「――俺も良かったよ。道を踏み外しそうだったお前が、元気いっぱいに育ってくれて」

「ねぇ、マサト先輩」

「うん？」

「やっぱりキスしちゃダメですか？」

「っ……！」

元気いっぱいというより、しおらしく、慎《つつ》ましく。

俺をジッと見つめる伊波は、『どうしてもしたくなった』と言いたげで、否応《いやおう》なしにも艶やかな唇へと視線がいってしまう。

この後輩はズルい。反則すぎる。

ふざけているときは本気で襲い掛かってくるくせに、本気のときはおねだりしてくる。

腹が立つからこそ、キスなんかさせてやらない。

してやるんだ。

俺のほうから。

伊波を手繰り寄せ、そのまま唇を重ね合わせる。

自発的ではなく受け身に回った伊波の動揺が、触れた唇から伝わってくる。

時間にすれば一瞬。

キスを止《や》め、目と鼻の先にいる伊波を見つめる。

「マサト先輩……？」

何をされたか分かっていない。それでも、俺を見つめる伊波は確かめるように自身の唇へと指を置く。

「どうして……」

「そんなもん、好きになるに決まってるだろ」

行動だけでなく、言葉でも伝えれば、伊波の瞳が一層大きくなる。

恥ずかしい。けど、抑えられない。

「ただでさえ、どんどん意識してたのに。それなのに、こんなとっておき情報カミングアウトされたら、我慢できるわけねーって」

「私、重くないですか？」

「重くもなんともねーわ。男は単純だから、むしろご都合主義くらいが丁度良いんだよ」

「ドッキリ、じゃないですよね？」

「違う。むしろ、ドッキリ仕掛けてきたのはお前の方だろ」

「ノリと勢いで言っちゃって、後から激しく後悔なんてことは……？」

「絶対ない。というか！　どんだけ疑ってんだよ！　逆にコッチが心配に――」

心配になる一歩手前。


「大好きですっ……！」


「い、伊波《いなみ》!?　ぐむっ……！」

まさに倍返し。瞳を潤ませる伊波が抱擁と同時に、またしても口づけを始める。

動揺や不安を晴らすように、激しく力強く。

懸命に動かす舌、荒い吐息、絶対に離れるものかと密着してくる身体《からだ》。

強引ながらも、それ以上に大切に想ってくれる気持ちや優しさが十二分に伝わってきた。

どれくらい気持ちをぶつけられただろうか。

息が続く限界までの愛情表現だったようで、伊波が「ぷはぁ」と小さな息継ぎをしつつ唇を離す。

「えへへ。たっぷりしちゃいましたね」

「お、お前……！　いきなり呼吸できなくなるくらいする奴《やつ》があるか」

「だってキスされちゃったら、したくなっちゃったんだもん」

おねだりのくだりは何処《どこ》へやら。結局のところ、本気のときは有言実行なのが伊波という生き物のようだ。

まぁ、そんなことは、1年間一緒にいて分かり切ったことではあったけど。

「あの、マサト先輩」

「うん？」

「両想いってことでいいんですよね？」

不安による問いじゃない。

期待を込めての問いなのが、表情からひしひし伝わってくる。

「――まぁ、そういうことになるな」

我ながら素直ではないと思う。

改められてしまえば、ぶっきらぼうなフリをしてしまうのだから。

それでも、
俺が伊波を知っているように、伊波も俺のことを知っている。

「やった～～～♪」

だからこそ、俺の素っ気ない言葉に対して、全力で抱き着いてくれるのだろう。

「改めまして、これからもよろしくお願いしますね！　後輩として、嫁として！」

「飛躍させすぎ。とはいえ、今後もよろしくな」

「はいっ。今後も末永く♪」

底抜けに明るい表情の伊波を見てしまえば、末永く頑張っていきたいと本気で思える。

先輩として恋人として。

「ねぇマサト先輩。私、まだ帰りたくありません」

「っ……!?」

伊波のいつもどおりの発言。

にも拘《かか》わらず、身体が熱を帯び、心臓が高鳴ってしまうのは、新しい関係に発展したか
らだろうか。はたまた、俺が意識しすぎているだけ？

「ここまで私に言わせたんですよ？　『終電が近いから帰ろう』なんて野暮なこと言わな

いですよね？」

「別に野暮ってわけではないだろ……」

「あー！　やっぱり帰ろうとしてたんですね！」

「ち、違うわ！　予測の事態に戸惑ってるだけだ！」

不測の事態のほうがマシと思えてしまう伊波って一体。

当然、お誘いの場所が居酒屋やバーでないことくらい分かってる。

何よりも。脳内で反芻《はんすう》されるのは、あの日一方的に交わされた約束。


『大人になったら初めて貰《もら》って』


（今日がその日なのか……!?）

据え膳食わぬは男の恥？　清水の舞台から飛び降りる？　伊波を食らわば皿まで？

緊張で喉が渇く。けれど、今飲むべきは水ではない。

飲むべきものは、ガツンと力強い日本酒。

コップに入った日本酒を喉越しで一気に呷《あお》る。一瞬で愛と勇気を入手し、勢いに身を任せて男を魅せる。

「〜〜っ！　分かった！　ホテルに行こう！」

「レッツゴー♪　そうこなくちゃです！」

ノリノリで甘えてくる伊波のことを可愛《かわい》く思えてしまうのだから、我ながらどうしようもない。

そんな後輩兼恋人が、俺へと密着しつつ笑顔で言う。

「今日は寝かせませんからね？」

「お、おう！」

「如何《いか》に私がマサト先輩のことを想《おも》い続けてきたのか、如何にマサト先輩のおかげで変わることができたのか。順を追ってしっかりお話させていただきますっ」

「望むところだ！　全部受け止めてやる——、……え？」

「はい？」

俺が目を点にすれば、伊波もコテンと首を傾《かし》げる。

「あれ？　マサト先輩、聞いてくれるんじゃないんですか？」

「…………」

——もしかして、過激な行為を妄想していたのは俺だけ？

伊波は極めて純情な気持ちを俺へと伝えようとしていただけ？

「は、ははは！　聞くに決まってるだろ！　じゃんじゃん話してくれ！」

清水の舞台から無駄落ちしただけに、笑ってごまかすことしかできない。

チクショウ……。ご都合展開を考えた自分が恥ずかしい……！

顔と顔の距離が近いからだろうか。

「もしかして、別のこと想像しちゃってました？」

「なっ⁉」

伊波に俺の邪《よこしま》な感情を簡単に読み取られてしまう。

そして、伊波は両手を力いっぱい握り締め、

「安心してください。お話のほうは、愛を語り合う前後でするつもりなので！」

「あ、愛を――⁉」

「ですです。至らぬ点は多いと思いますが、頑張って尽くしますっ。ですので、マサト先輩も目一杯、私のことを愛しちゃってください♪」

「～～～～っ！　ストレート過ぎるわ！」

伊波はかまって新卒ちゃん。

そして、かけがえのない存在。

「お前はまだまだ新卒のひよっこだ！　よって子供！」

「あ！　ズルい！　そんなこと言ってもホテルに連れていっちゃうもん！　初めて貰ってください！」

「皆まで言うな！」

「えへへ。マサト先輩ら〜ぶ♪」

飲み時々ホテル。

ホテルに行ったか、飲みに行ったか。

それは社畜のみぞ知る。

あとがき

お久です。凪木《なぎき》です。

ぬるっとライトな挨拶から入ることにより、『新卒《しんそつ》ちゃん』をずっと待ってくれていた読者さんの溜飲《りゅういん》を下げる高等テクニック。

中指を立てるのは、やめてください。

お待たせして、本当に申し訳ありませんでした！！！

新巻を出すまでに1年と半年程。時が経《た》つのは恐ろしい限りかつ、己の作業の遅さっぷりにドン引きする限りでございます……。

重ねてとなりますが、焼き土下座にてお詫《わ》び申し上げます。

このままだと、あとがきではなく謝罪文になってしまうので、作品について触れていければと思います。以降ネタバレ含みますので、本文未読の方は回れ右推奨です。

3巻いかがだったでしょうか。

まさにオールスター感謝祭。渚《なぎさ》、深広《みひろ》、鏡花《きょうか》、桜子《さくらこ》、来海《くるみ》、巳《み》っちゃんなど。ヒロインたちの可愛《かわい》いところをお届けできたのではないでしょうか。ツッコむのも面倒なのは重々承知。スルーいただいてOKです。

「渚みたいな後輩が欲しい」「涼森《すずもり》先輩の部下になりたい」「深広にイタズラされたい」「ロリかわ最高！」といった言葉をX（旧Twitter）のDMなどでいただけ、本当にありがたい限りです。ヒロイン一人ではなく、複数人を愛《め》でてくれるのは作家冥利《みょうり》に尽きます。圧倒的感謝！

個人的には桜子との接待ゲームの話なんかが好きです。僕自身がイカインクゲームを嗜《たしな》んでいることも影響していますが（笑）　バイト楽しい。

あとは、なんと言ってもMIRA再誕の話！　カリスマモデルなお姉さんをいつしか復活させたいと密《ひそ》かに思っていたので嬉《うれ》しいのなんの。

Tバック《ティー》と茶バッグの話も素敵ッスよね。

あのシーンの小話を一つ。

担当さんが、Re《レ》岳《たけ》さんに依頼する挿絵候補を自分へ送ってくれたときのこと。

「風呂《ふろ》場のラッキースケベがない……、だと……？」

担当さんに熱く語りましたよ。

「ここでのイラストは必要不可欠なんです！　次シーンの重々しさを緩和させるために

も！　何よりも凪木――、読者さんがエッチな渚を求めているんです！」

担当さんも人の子。作家であり一人のムッツリが必死に泣き縋《すが》れば、冷めた声音でＯＫをくれるものです。僕の評価が下がって、Ｚ戦士《ざんぎょう》たちの笑顔を守れるのならお安い御用ってもんです。


ラブコメならではの話を書くのも好きなのですが、好きなものに関する話が多く書けたことも今巻の自己満ポイントの一つでした。

Ｘでは時々ポスト（言いたかった）してるんですが、僕はお酒が大好きなアラサーです。酒屋さんで好みの日本酒をＧＥＴして独りで家飲みしたり、角打ちやバーでボッチ飲みしたり。『何を飲むかではなく、誰と飲むか』という素晴らしい言葉がありますが、誰もいないんだもの。独りでの酒が進む進む。

――というわけで、日頃お世話になってるお酒に少しでも恩返しがしたいという意味を込めての11話でもありました。

また、気付いている方は気付いていると思いますが、とある格闘ゲーム及び、プロゲーマーさんの名前もしれっと使わせていただきました。

日本酒と格闘ゲームをドッキングさせた理由は、『若い子や新規さんでも気軽に楽しめるものを造（作）りたい』という目指す方向性が似ていると感じたからです。

お酒や格ゲーに限った話でなく、どんなことでも最初の一歩を踏み出すのって、とても勇気のいる行為ですよね。

新しいことに挑戦するか迷ってる方は、是非是非挑戦してみてください。失敗したっていいじゃない。ガンガン楽しもーぜ。


そして、3巻というか1～3巻を通しての話を。

おめでとう！　マサト&渚！　末永くお幸せに！

先輩と後輩だけでなく、これからは彼氏と彼女の関係も追加。ブラック企業という劣悪な環境下でも一層と愛を育み続けるのでしょう。

ぶっちゃっけ、めっちゃ悩みました。

渚と父親に確執がある話をするか、マサトとの本当の出会いを話すか否《いな》か、マサトと渚を恋人同士にするかどうか、などなど。

1巻の段階、それどころかカクヨムやなろうで1話を書き始めた頃とでは、思い描いた展開やビジョンと異なる点は多々あります。

けれど、「ハッピーエンドで終わらせたい」という気持ちは一貫してあったので、そこを貫けたのは、心から良かったと作者自身は安堵《あんど》しております。

渚が社会人2年目になる頃には何があるんでしょうね。マサトは新しい後輩ちゃんを教育するようになるのか？　鏡花がMIRAになったことにより、元ライバルの観月《みづき》モニカが会社に押し寄せてくるのか？　桜子がストリーマーになり方条《ほうじょう》工務店を宣伝しまくるのか⁉　……などなど。

何はともあれ！　マサトや渚たちはハッピーを満喫するのでしょう！

ここからは謝辞を。

担当さん。引継ぎで『かまって新卒ちゃん』の作品作りに協力してくださり、本当にありがとうございます。かまってな新卒ちゃん以上に面倒な遅筆作家ですが、これからもよろしくどうぞ！　地味に直接お会いしたことがないので、今度飲みに行ければと！　地酒っ！

イラストレーターのRe岳さん。毎度毎度高いクオリティのイラストをありがとうございます。ラノベだけでなく、ＹｏｕＴｕｂｅ漫画にも携わっていただき、本当に感謝でいっぱいです。社畜ヒロインズのイラストは一生の宝物！　疲れた時は糖分補給のように渚たちを眺めてリフレッシュさせていただきまっす！

『カノンの恋愛漫画《れんあいまんが》』のカノンさん。これを書いているのは２０２３年の10月なのですが、もうすぐチャンネル登録者数50万人突破ですね！　もはや大御所ユーチューバー……！

そんな方が毎回依頼を快く引き受けてくれることに感謝でいっぱいでございます。これからも癒《いや》し&萌《も》え萌《も》えな動画を提供し続けてください！　あざますっ！

最後はもちろん読者様。かまって新卒ちゃんを愛してくださり本当にありがとうございます。高校生から大学生になった子もいれば、社会人になった子、酒が飲めるようになった人、課長から部長になった人、休職して鋭気を養っている人、引き続きブラック企業で耐え凌《しの》ぐＺ戦士《ざんぎょう》など。渚やマサトたちがそうであるように、シリーズを通して皆さんも色々なキャリアを味わっている最中だと思います。

「このシリーズを人生の教科書にしてほしい」みたいな大それたことは言えません。ですが、疲れたときや暇を持て余したときにクスッと笑っていただき、「明日からもマイペースに頑張ろう」と思っていただければ幸いでございます。スペシャルサンクス！

ではでは、またお会いしましょう！

凪木エコ

お便りはこちらまで
〒一〇二―八一七七
ファンタジア文庫編集部気付
凪木エコ（様）宛
Re岳（様）宛

富士見ファンタジア文庫

かまって新卒《しんそつ》ちゃんが
毎回誘《まいかいさそ》ってくる　その3
ねえ先輩《せんぱい》、これからもずっと一緒《いっしょ》にいちゃダメですか？
令和5年11月20日　初版発行

著者――凪木《なぎき》エコ

発行者――山下直久
発　行――株式会社KADOKAWA
〒102-8177
東京都千代田区富士見2-13-3
0570-002-301（ナビダイヤル）
印刷所――株式会社暁印刷
製本所――本間製本株式会社

ISBN978-4-04-075056-9 C0193　◇◇◇

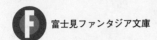

僕、兄貴のこと
すっごく好きだよ！
シリーズ
重版続々
大ヒット
発売中!!